無能な癒し手と村で蔑まれ続けましたが、実は聖女クラスらしいです。

砂礫レキ
Reki Sareki

Regina

RB
レジーナ文庫

登場人物紹介

エルシア

＊＊＊

リリアの育ての親。
規格外の力を持つ癒し手だが、
ある日忽然と姿を消してしまった。

リリア

＊＊＊

村でただ一人の癒し手。
幼い頃に親を亡くし、エルシアに拾われて
癒し手としての技術を学んだ。
気弱だが芯の強い性格で、
人が傷つくのを放っておけない。

ミゼリ
＊＊＊
村長宅で働いている
女性。
ヴェイド
＊＊＊
村長。
平凡な男に見えるが、
実は……？
アドニス
＊＊＊
ロザリエの護衛。
怜悧に見えるが情が深く、
何かとリリアを気にかける。
グラジオ
＊＊＊
ロザリエの乳兄弟で護衛。
豪快な性格。
ロザリエ
＊＊＊
王都からやってきた女騎士。
ある事情で癒し手を求める。

目次

無能な癒《いや》し手と村で蔑《さげす》まれ続けましたが、
実は聖女クラスらしいです。

プロローグ

「たかが腕の骨一本くっつけるのになんで三時間もかかるんだよ！」

「……申し訳ありません……」

「ったく、本当使えねェな。こっちも暇じゃないんだぞ？」

「はい……申し訳ありません」

「畑仕事だってあるしよぉ。今度からもう少し本気でやってくれねぇかな」

「……できる限り、努力させていただいています」

「言い訳するなよ！　ったく……あんたの師匠はこんなの一瞬で治してくれたってのに」

――よくそれで癒《いや》し手なんて名乗れるな。

そう嫌味を吐き捨てて、中年男は乱暴に診察椅子から立ち上がった。

正面で患者に詫《わ》び続けていた黒髪の女もそれに合わせてゆっくりと起立する。その顔は疲労で青白い。

治療をした側である彼女は深く頭を下げ、患者を送り出した。

治療された側である中年男は、それに舌打ちを返して部屋から出ていった。

これが、この村の診療所での当たり前の光景だった。

「あーあ、もう少しまともな癒《いや》し手が来てくれねぇかな」

こんな無能じゃなくて。

扉が閉まり切る直前に吐かれた言葉を、無能な癒《いや》し手と評されたリリアは聞こえないふりをした。

偉大な癒《いや》し手であった師匠——エルシアがいなくなり、弟子の自分が新たな治療役として跡を継いだ。そしてこの診療所で村人の傷や病を癒《いや》してきた。

それを十年続けた結果がこれだ。

診療道具を手早く片付けて廊下へ出る。そこには、干《ひ》からびた根菜が捨てるように置かれていた。

これが治療費の代わりなのだろう。リリアは感情のない顔で野菜を拾い上げる。

こういう振る舞いをするのは、別に彼だけではない。

村人のほぼ全員がそうだった。

先代の村長が、師匠のためにはりきって用意したこの家は、住居と病院が合体したようなかたちになっている。

治療を求め訪れる患者は村人しかいない。その誰もが全員、リリアより何十歳も年上だった。

そのせいかはわからないが、治療費代わりに置いていかれる野菜は、育ちすぎていたり虫食いが多い。

けれどそれに文句を言ってはいけない。

あんな出来の悪い治癒魔法で対価をもらえるだけ感謝をするべきだ。

有難うございますと小さく呟いて、彼女は野菜を台所へ持っていく。

これがこの村で唯一の癒《いや》し手、リリアの日常だった。

リリアは今年で二十歳になる独身女性だ。

彼女が辺境にあるこの村に来たのは、五歳の頃だ。

父と母を盗賊に殺されたリリアを、エルシアという美しい癒《いや》し手の女性が救った。エルシアは孤児となったリリアを引き取り、この村で暮らし始めた。

癒《いや》し手というのは、治癒魔法を使い傷や病を癒《いや》す人間のことを指す。この小さな村ではエルシアと、そして今はリリアだけが持つ称号だった。

街から遠く離れたこの村には住人が二十人もいない。その半数以上が老人だ。

最年少のリリアと他の住人の年齢差はそれこそ大人と子供ほどある。昔はリリアと同年代の若者もいたが、皆街へ働きに出てしまった。

彼らの親たちは、小さな畑を耕しながら、子供たちからの仕送りで暮らしている。

当然だがリリアには仕送りをしてくれる者はいない。畑はあるが、薬草の管理をするだけで手一杯だ。

だから食料を得る手段は、治療の代価しかない。だがリリアの能力に不満を持つ村人たちは、自分たちでも食べないような野菜しか持ってこない。

でもそれは仕方のないことなのだ。自分は未熟で無能な癒《いや》し手なのだから。強欲になってはいけない。

師匠であるエルシアがいなくなり、弟子のリリアが癒《いや》し手になって十年。

大人たちから厳しい評価を受け続けた少女の心は、卑屈を通り越して無感情になっていた。

いや、本当に感情を失くしたわけではない。けれど自らの感情に意味などないとリリアは思っている。

村人に精一杯尽くして、与えられるものを謙虚に有難がって、そうして生きていくしかない。

厚意で頂く報酬を不服に思ったり、足りないと我儘《わがまま》を言ったりしてはいけない。それは身のほど知らずというものだ。天罰が当たってしまう。

昔、リリアを平手打ちした中年女性がそう言っていた。彼女は誰だっただろう。村人の名前は全部知っているはずなのに思い出せない。

いや、誰でもいいのだ。誰の発言でも同じことなのだ。だってリリアを叩いた女性の言い分に、周囲の人間も頷いていたのだから。

この村にリリアを甘やかしてくれる人間はもういない。だから大人にならなければいけない。

いや、本当に最優先にすべきことは師匠であるエルシアと同等の癒《いや》し手になることだ。けれどリリアが文字通り血を吐くほどの努力をしても、それは叶《かな》いそうになかった。治癒というのは先天的な能力だ。

使いこなすのに修業は必要だけれど、結局ものを言うのはどれだけ光の魔力を持つかでしかない。きっとリリアの魔力はエルシアの百分の一、いや千分の一もない。

治癒魔法を問題なく駆使するために必要な魔力を、リリアは有していないのだ。

だからエルシアのようにどんな傷や病も瞬時に治すような治癒魔法はリリアには使えない。自分は骨折一つ治すのに数時間もかけてしまうような無能だ。

なら癒《いや》し手を辞めてしまおうか。そう考えたことは一度や二度ではない。けれどその考えは村人に知られる度に叱咤《しった》された。

根性なしだ、無責任だと。辛いから、疲れるから辞めたいなどという甘い考えでは、癒《いや》し手以外の仕事だって上手くいかないと。そもそも長年癒《いや》し手としてしか生きてこなかったリリアがその立場を捨てて、一体何ができるのだと。畑を耕すことも、獣を狩ることも、他の子供たちのように出稼ぎに行くことだってできないだろうと。出来が悪いだけでなく、役目から逃げ出すような弟子を持ったと知ったら、エルシアは悲しむだろうと。

養い親でもある師匠の名前を出されれば、リリアは謝罪の言葉と共に「頑張ります」と口にするしかなかった。

そんなことを何回か繰り返し、そして数えきれないほど無能呼ばわりされて、少女は大人になった。

けれどどれだけ頑張っても、どれだけ歳月を費やしても、師匠エルシアのように立派な癒《いや》し手にはなれそうになかった。師匠であるエルシアは、元々各地を旅して暮らしていた。珍しい薬草を集めるのが趣味なのだと、昔話してくれたことがある。

エルシアがここに定住するようになったきっかけは、当時の村長の孫……現村長の息子であるレストが木から落ちて大怪我をしたことだ。

全身の骨が折れ、瀕死状態の子供は、一思いに殺してやったほうがましな有様だったという。

しかしその場に、旅の途中で村に立ち寄っていた癒《いや》し手のエルシアがいた。

彼女は治癒魔法を使い、死にかけていた少年を難なく回復させたのだ。

村長は彼女に深く感謝すると共に、彼女の治癒魔法に目を付けた。

そして、この村に留まってほしいと頼み込んだ。

エルシアはその頼みを受け入れることにした。

エルシアは奇跡の癒《いや》し手として尊敬され、彼女が連れてきたリリアにも、村人は優しかった。

あの頃は幸せだった。あの頃のリリアにとって、幸せなことが当たり前だった。

優しい師匠と暮らし、彼女から治癒魔法と薬学を学び、村人たちには次世代の癒《いや》し手として期待される温かな日々。

大人たちに見守られ同世代の友人たちと遊び、いつかエルシアのように皆に頼られる存在になるのだと当たり前に信じていた。

けれど現実は違った。リリアの治癒魔法は、師に遠く及ばない未熟なものだったからだ。

世界が変わったのは十年前。突如エルシアが失踪《しっそう》したのがきっかけだった。村で癒《いや》し手の役割を担っていたエルシアがいなくなり、その跡を継いだリリアに村人は失望した。

リリアの治癒魔法はエルシアに遠く及ばず、癒《いや》し手と名乗ることさえおこがましい、惨《みじ》めな技量しかない。初めこそまだ幼いのだから仕方がないと言う者もいたが、いつまでもエルシアのように治癒魔法を使いこなすことのできないリリアに村の大人たちは次第に冷たく接するようになっていった。

それでも村長の息子であるレストをはじめとした同世代の友人がいるうちは、彼らに何かと励ましてもらい、まだ前を向いていられた。

けれど彼らは遠い街へ出稼ぎに行ってしまった。

若者たちが旅立ったのは突然のことで、別れの挨拶さえリリアはできなかった。後から考えれば、わざとリリアにだけ隠されていたのかもしれない。

未熟な治癒魔法しか使えない、足手纏《まと》いの己が一緒に連れていってくれと縋《すが》らないように。

そう考える度に、リリアの胸を冷たい風が通り過ぎていった。

友人だと思っていた人たちをそのように疑い、恨《うら》めしく思う気持ちはリリアの精神を苦しめた。

そして村に一人だけの若者になったリリアは、完全に孤立した。

若者たちが村を去ってもその親や祖父母の数は減らない。

子供たちがいなくなって寂しいのか、それとも去った彼らが今まである程度止めてくれていたのか。それから村の大人たちはより頻繁に診療所を訪れるようになった。怪我をしたわけでもなく、病気になったわけでもないのに。

「なんとなく具合が悪い気がする、だからちょっと診《み》てもらおうと思って」

そう村の女性たちは診療所が開く前から扉を叩き、待合室に居座った。それだけでなく、リリアに茶さえ平然と要求するようになった。

ただそれは、診療所を訪れる者の中ではかなり楽な部類だ。茶汲《ちゃく》み係を務めるだけでいいならむしろそれを専門職にしたいほどだとリリアは思った。

リリアを深く悩ませたのは、慢性的な苦痛を治療しろと言いながら、不健全な生活習慣を改善する気のない患者たちだった。

食生活や運動習慣を改めない限り、どれだけ治癒魔法を施そうが対症療法にしかならない。根本を解決しなければ意味はないと言っても、聞く気のない相手をどう治せというのか。

それなのに、治らない苛立《いらだ》ちをリリアにぶつける者は少なくない。

「ちょっとリリア！　どこにいるんだい!!　昼だからって怠《なま》けているんじゃないよ!!」

「はい、ごめんなさい、マリアンさん……今、行きます」

診療所の入り口から怒鳴り声が聞こえてリリアは思わず目を伏せた。マリアンは毎日のように来る患者の一人で、腰痛持ちの中年女性だ。

昔は村一番の器量よしで、一切農作業をしなくていいという条件で結婚したのだと今まで千回はリリアに豪語してきた彼女の体型は、そのおかげか非常にふくよかだ。

そんな体形のせいで腰だけでなく関節にも負荷がかかっているのだろう。いつも痛い痛いと口癖のように言っている。

だというのに痛み止めの薬や湿布を処方しても、そんな薬など体に悪いと、使わずに捨ててしまう。治癒魔法での治療のみに固執《こしつ》する厄介な人物だった。

「魔法だけでは根本的な治療にはならないのに……」

ぼそりとリリアは呟く。

マリアンは身長のわりに体重がかなり重く、姿勢も悪い。

だから背や腰の炎症を魔法で癒《いや》しても、生活の中でまた同じ場所に強い負荷がかかり痛みが再発する。

そして何故治せないのだとリリアの診療所に怒鳴り込む。そんなことを繰り返していた。

彼女の腰痛の軽減に一番効果があるのは減量なのだ。

かつてそう説明した際、思い切り平手でぶたれた。体が文字通り吹っ飛んだ。その時の痛みが口を重くさせ、それ以来言っていない。

理不尽だと思う。けれどマリアンがこの件を村中に広めた結果「生意気だ」「思いやりがない」そう責められたのはリリアのほうだった。

暴力を受けてできた傷は治療できる。

でも心は、どんどん駄目になっている気がする。自分が師匠のような優れた癒《いや》し手なら、それさえも簡単に治せたのだろうか。

わからない。一緒に暮らして何年も師事していたのに。エルシアについての情報が、思い出が、村人たちの言葉にどんどん塗り潰《つぶ》されていく。

リリアと対比するように彼女は神格化されていく。いや、生前からそのような扱いだったのかもしれない。

だから弟子である自分も、その威光のおこぼれで優しくしてもらえたのだろう。

けれどエルシアはいなくなった。

彼女の跡を継いだリリアを尊敬する人間など誰もいない。自分が出来損ないの無能だからだ。

そう自覚しながらも、村の癒《いや》し手として足は診療室へ進み続けた。

どうせ逃げ場なんてない。居留守を使い部屋に隠れたとしても、この村の人間は平気で上がり込み自分を見つけ出すだろう。

妄想ではなく実際にそうされた過去がある。何人もの老人や大人たちに囲まれ、冷たい床に座らされ、何時間も叱責された。

癒《いや》し手としての覚悟が足りない。能力がないくせに怠《なま》けようとしている。偉大な師匠に申し訳ないと思わないのか。

そう次々に言われ、エルシアに対し何十回も大声での謝罪を強要された。

――こんな出来損ないの弟子で申し訳ありません。貴女《あなた》の代わりに癒《いや》し手として村の人たちに一生尽くします。

そう声が嗄《か》れるまで叫び続けた。村人たちが、床に頭を擦《す》りつけ壊れた人形のように謝罪を続けるリリアに満足し、飽きるまで。

あの時にリリアは一度死んだのだ。大人たちに対する子供らしい甘えも、一人前の人間としての尊厳も全て失い、諦めた。

その日の夜、村長のヴェイドが様子を見に来てくれなかったら、きっとリリアは首を吊《つ》っていただろう。

彼は「自分は味方だ」とリリアに告げ、今は辛くても耐えるようにと励ましてくれた。たとえ先代の癒《いや》し手に能力で劣っていても、村人に誠実に尽くしていればきっと認めてくれる日がくると。

村長には感謝している。たまに与えられる彼からの差し入れと励ましがなければ、精神的にも肉体的にも死んでいただろう。

子供でいることは許されず、けれど大人とは決して認められないまま、リリアはこの十年を生きてきた。

ヴェイドには悪いが、村人たちが自分を一人前の癒《いや》し手として認めてくれる日など永遠に訪れないような気がリリアにはしていた。

だが村を逃げ出す気力はもう尽きている。

逃げた末に捕えられた後のことを考えると、飼い殺しにされ続ける現状を選んでしまう。

もしかしたら自分は癒《いや》し手ではなく家畜なのかもしれない。人間の姿をしているだけの。きっと村人の目にはそう見えているのだろう。

そしてまた診療所を訪れた患者が、再度リリアの名を怒鳴る。それに掠《かす》れた謝罪を返しながら、無能呼ばわりされ続ける癒《いや》し手は仕事へ向かう。

それは屠殺《とさつ》される羊のように、無抵抗で緩慢な足取りだった。

第一章　夜の出会い

窓の外を完全に闇が覆《おお》う。

その頃になってようやくリリアは今日の仕事から解放された。

本来の診療時間は朝の七時から夜の八時までだ。

けれど村人にとってそれはあくまで目安にすぎず、気が向けば守るといった有様だった。

診療時間外であっても、自分たちが訪れた時にリリアが不在だった場合、彼らは癒《いや》し手としての心得がなっていないとリリアを叱る。

確かに病や怪我の種類によってはすぐに対処しなければ命に関わる場合がある。

けれど少し熱っぽい気がする、食欲が昨日よりもない……その程度の理由で早朝から訪れたり、診療を終えた後も構わず扉を叩いたりする者が多いのだ。
今の村人のほとんどは高齢者だ。
だからこそ体の不調に対し、過度に不安になってしまうのかもしれない。
しかし彼らの時間を考えない来訪と、治療への不満からくる理不尽な態度。
それは村に一人しかない癒《いや》し手を、数年かけて蝕《むしば》んでいった。
エルシアが失踪《しっそう》した直後はまだよかった。
彼女が戻ってくるまでの臨時として、リリアの治療は村人に受け入れられた。
あくまでも癒《いや》し手の弟子扱い。だから多少の未熟さは大目に見てもらえたのだ。
けれど、いつまで経ってもエルシアが村に戻る気配はなかった。
彼女の失踪《しっそう》から三年目に村長の命令でリリアは弟子ではなく正式な癒《いや》し手となった。
その頃にはだいぶ村人はリリアに冷たくなっていた。
いつまで経っても一人前にならないからだ。
――エルシアのように撫《な》でるだけで広範囲の怪我を癒《いや》すことができない。
――たかが熱病なのに癒《いや》しの呪文だけでなく何日も苦い薬を飲めと言ってくる。
――骨折ごときの治療に数時間もかかる。
リリアは癒《いや》し手の弟子ではなく「無能な癒《いや》し手」なのだ。成長してエルシアのように一人前になることはない。

そう結論付けた村人たちは、リリアに対し礼儀を捨てた。

その時にリリアはこの村を捨てればよかったのかもしれない。

けれど彼女にその選択肢はなかった。

家を数時間留守にしただけで嫌味を言われるのに、村から出ることなどできるはずもない。

数年間村人に監視され、馬鹿にされながら酷使されたリリアの心と体は、少しずつ、しかし着実に病《や》んでいった。

自室に戻ったリリアは、粗末なベッドの上に倒れるように横たわった。

業務から解放された反動で疲労を強く感じる。まだ夕食を食べていないが、このまま寝てしまおうかと思った時、外側から戸を叩く音がした。

リリアの表情が無意識に険しくなる。

経験上、こんな夜中に戸を叩く時は、寄合で大量に酒を飲んだ村人が帰り道に診療所を見つけ、ちょっかいを出している可能性が高い。そして戸を開けたら酒臭い息を吹きかけられ、水をよこせと怒鳴られるのだ。

できるなら息を殺してやりすごしたい。けれど以前そうした結果、扉に小便をひっかかけられたことを思い出す。

リリアはカーディガンを一枚羽織り、憂鬱《ゆううつ》な気分をできる限り隠しながら扉を開いた。

「……どなたですか」

覇気《はき》のない声で呼びかける。

外の闇に目が慣れると、相手が村人ではないことに気が付いた。

リリアの目に映ったのは、このさびれた村には到底似つかわしくない、騎士の姿だった。

見知らぬ騎士は、美しい白銀の鎧《よろい》を身につけている。こんな贅沢な防具は村長でも持っていないだろう。

そして何よりも目を惹《ひ》くのは、満月のように輝く金色の髪と宝玉のような碧《あお》い瞳。

まるで幼い日に読んだ絵物語に出てきたエルフのようだ。

このように綺麗な男性を、リリアは生まれて初めて目にした。

「夜分にすまない。ここは診療所で間違いないだろうか」

「あ……はい」

騎士がリリアの家の壁に打ち付けられた看板を指し示す。

エルシアが正式に村の癒《いや》し手になるにあたり、診療時間を明記した板を張り付けたのだ。

それが守られることはほぼないのだが。

「時間外だということは重々承知している。だが、それでも診《み》ていただきたい御方がいる。……今馬車にいるその方は、一刻を争う容体なのだ」

そう真剣な眼差しで言われれば、癒《いや》し手として元より急患を断る発想はない。

リリアは即承諾した。

ただ青年の思いつめたような表情を見ると、自分などが役に立てるのかと不安になった。

おそらく彼は優れた癒《いや》し手であるエルシアの噂を聞いて、この辺鄙《へんぴ》な村を訪れたのだろう。

だが今ここに彼女はいない。出来損ないの弟子である己しか、いないのだ。

それでも癒《いや》し手として、やれることは全て行う。リリアはそう決意した。

「大丈夫です。今すぐ診《み》ます。患者さんをお連れください、騎士様」

エルシアの弟子としてできる限りのことをさせていただきます——そう心の中で告げる。

リリアは長い髪を後ろで一つに結《ゆ》った。

「感謝する、癒《いや》し手殿」

騎士は一礼すると後ろを振り返り、合図を出す。彼が乗ってきたであろう馬車のほうから、女性を抱えてもう一人、鎧《よろい》を纏《まと》った騎士がこちらに歩いてくるのが見えた。

やってきたのは、燃えるような赤髪と人懐こそうな表情が印象的な男性だった。

どうやら彼が丁寧に抱えて連れてきた女性が患者らしい。

騎士を二人も供として連れていること、そして身に纏《まと》う衣服から、リリアは彼女が高貴な女性であると判断した。

その顔面は濃い色のヴェールで隠されている。おそらくその下にあるものに対してリリアを頼ってきたのだろう。

「癒《いや》し手様には善処を期待するが……無理だった場合も他言は無用ですぜ？」

赤髪の騎士は冗談めかして言ったが、その琥珀色《こはくいろ》の眼差しは真剣そのものだ。

「はい、決して他言はいたしません」

リリアは明言した。彼女は臆病だが、その言葉は騎士の剣幕を恐れてのものではなかった。

「恩人を脅《おど》すのはやめなさい、グラジオ」

凛《りん》とした女性の声が、リリアと赤髪の騎士の間から聞こえた。

「姫様！」

彼女を抱えていた騎士が気づかわしげに呼ぶ。やはり身分の高い女性なのだろう。けれどあいにく十数年間ほぼ村から出ずに暮らしていたリリアには、彼女が何者であるか見当がつかない。

女性が焦れたように自らの手でヴェールを外そうとするのを、慌てて赤髪の騎士が押し留める。

代わりに金の髪の騎士が丁寧に彼女のヴェールをめくりあげた。

「誤解しないでね。元からこの顔だったわけではないの。これでも子供の頃から、将来は美人になると評判だったのよ」

笑みを含んだような声で言葉を柔らかくして女性が言う。けれど軽口を返せるものは、この場には誰もいなかった。

彼女の顔は、大部分が蛇の持つような鱗《うろこ》で覆《おお》われていた。

いや、それだけではない。鱗《うろこ》の部分はところどころ石化している。その質感を見るに、ここ数日のものではない。おそらくもう長い間続いている症状なのだろう。

彼女の言葉通り、いや実際に対面してはっきりとわかるほど、その目鼻立ちの美しさは常人離れしている。

だからこそ、症状の惨《むご》さが際立っていた。

「なかなか惨《むご》いでしょう？　顔だけではなく指先や足の先も似たようなものなの。無理やり剥《は》がそうとしたら、肉ごと持っていかれて困ったわ」

彼女は相変わらず軽い調子でそう言いながら、手袋で覆《おお》われた腕を軽く振る。

「心当たりは。石化と鱗《うろこ》化は同時に発症しましたか？」

リリアは単刀直入に聞いた。

「同時よ。原因はわかっているの。毒入りのお茶を五年前に飲まされたわ。顔についてはそれ以来この有様。ただ最近になって急に症状が進行して、手足にまで広がってしまったのよ」

女性は冷静に説明した。

「さすがに奇妙な石像にはなりたくないから焦ってはいるのだけれど、だからといってこんな夜中にごめんなさいね」

やっぱり朝になってから出直したほうがいいかしら――そう言い出した彼女を否定したのは、リリアではなかった。

「そんな悠長なことを言って、いきなり胴体まで石になるかもしれないんですよ？」

「怖いことを言わないで頂戴、グラジオ」

言葉こそそれなりに丁寧だが、赤毛の騎士は兄のように女性の悠長さを叱る。その口ぶりだけで、彼が女性のことを心底心配しているのだろうと見てとれた。

リリアも内心、騎士に同意する。女性は落ち着いた物言いをしているが、鱗《うろこ》化はともかく石化は厄介だ。

外見を損ねるだけでなく、症状が内臓や呼吸器官に広がれば命に関わる。

急に悪化したというなら一刻も早く診療が必要という判断は間違いではない。

それはそれとして、診療時間を守って出直そうとする女性の気遣《きづか》いにリリアは衝撃を受けていた。

そんな配慮、自分が死ぬまでされることはないと思っていた。

驚愕《きょうがく》と感激の感情を押し殺し、リリアは患者たちに伝えた。

「おそらく、飲まされたのはコカトリスの尾毒かと思います」

鱗《うろこ》化と石化が同時に起こったなら原因はわかりやすい。

石化を得意とする魔物、コカトリス。

一見巨大な鶏に似たその魔物は、尾羽の代わりに蛇が生《は》えている。コカトリスの血には毒があるが、石化と鱗《うろこ》化がどちらも発症したのはその蛇の部分の血を飲んだからだ。

リリアは、エルシアが残してくれた書籍の記述を思い出す。そして治療するための薬のことも。

今はいない師匠に、リリアは心の底から感謝した。貴女《あなた》の偉大さは、不在時でも人を救うのだと。

——出来損ないの弟子とは違って。

「大丈夫。治りますよ」

連日の疲労で青白い顔をしながらも、リリアは患者に笑いかけた。

この毒に効果的な薬は既に診療所に存在している。

先代の癒《いや》し手であるエルシアが過去に調合していた薬の数々。それらは普段地下室で保管されている。

その中に今回の症例にぴったりな薬が置いてあるのだ。

村人に必要とされる機会はなかったから、女性を完治させるのに充分な量がある。

リリアは診療所の扉を大きく開き、患者たちを招き入れた。

そのまま診療台に女性を寝かせるように騎士たちに頼む。

今から女性の体に対して診断を行うと説明し、彼らには応接室で待ってもらうことにした。

「症状が出ているのは顔と首、それと手足だけですか？」

「お腹にも鱗《うろこ》みたいなのが生《は》えているわ」

リリアの問診に、患者の女性はしっかりとした口調で答えた。

体の半分がまるで魔族のような姿になっているというのに、非常に落ち着いている。気丈な女性だと思う。

服をまくり上げて該当箇所を確認すると、リリアは彼女に治療方針を語った。

「この症状であれば、主に塗り薬での治療になります。効果的な薬ではありますが、塗った箇所にしばらく強い痒《かゆ》みを感じます。けれど絶対に掻《か》きむしらないでください」

「強い痒《かゆ》み……痛いほうがましな気がするわね」

うんざりしたような女性の言葉にリリアは内心同意した。痒《かゆ》みを消すために痛みを選ぶ人間もいると聞く。

しかし今回の治療には痒《かゆ》み止めを処方することはできない。

「申し訳ありません……」

リリアは素直に頭を下げて詫《わ》びた。村人ならそれでもリリアを罵《のの》り、手を上げるだろう。

けれど返ってきたのは、不思議そうに戸惑う声だった。

「……？　何故貴女《あなた》が謝るの、癒《いや》し手様？」

女性の軽口に対しリリアは頭を下げて詫《わ》びた。

それはほぼ無意識で行っていたくらい、慣れた仕草だった。

けれど続く女性の言葉は、リリアにとってあまりにも予想外のものだった。

「謝る必要なんてないわ。治せると言ってもらえて、私は本当に嬉しかったのよ。今まではヤスリでこそげ落とすしかないと言われ続けたのだもの。それなのに、我儘《わがまま》を口にしてごめんなさい」

女性から頭を下げられてリリアは狼狽《ろうばい》する。

「いっ、いいえ、ヤスリは、いりません。毎日薬を塗っていただければ二、三週間ほどで元の肌に戻るはずです」

しどろもどろに告げると、女性は大輪の花が咲くように嬉しそうに微笑んだ。

「かっ、完治まで時間がかかって申し訳ありません」

リリアが深々とお辞儀をする様子を、高貴な女性は心底不思議そうに見ていた。

「……癒《いや》し手様、私は貴女《あなた》がそこまで恐縮しなければいけないほど暴君に見えるかしら？」

「いえ、そのようなことは……申し訳ありません」

彼女の言葉に責める意図がないことはわかっている。

けれどどうしてもこのような時、リリアの口からは謝罪の台詞《せりふ》しか出てこない。

馬鹿の一つ覚えのようだと村人からもよく叱られている。

昔はそうではなかった気がするけれど、いつのまにか謝ることしかできなくなっていたのだ。

謝ることはないと言われているのは理解している。けれど謝罪が勝手に口から出てしまう。まるで自分こそが病人のようだ。

そんなリリアに対し、女性は村人のように侮蔑《ぶべつ》と苛立《いらだ》ちに表情を歪《ゆが》めることはなかった。

「まあ、傲慢《ごうまん》で怒りっぽい人間よりはよほどいいわね」

「え……」

リリアの頑《かたく》なな態度をあっさりと受け入れて彼女は笑う。

毒に侵された彼女の顔。

だがその表情のあまりの美しさに、リリアは思わず見惚《みと》れた。

「しばらくこの村に滞在して診療をお願いしたいわ。宿はあるかしら」

「あ……宿は……ありませんが、村長にお願いすれば部屋を貸していただけるかと」

「有難う、そうするわ……それと」

女性はリリアをまっすぐに見つめる。

「私は貴女《あなた》の治療方針を全て受け入れるし、どんな結果でも決して責めたりはしないわ」

そう鮮やかに断言する女性がリリアの目には女神のように映った。

ふと脳裏に蘇《よみがえ》ったのは、昔野盗から幼い自分を救ってくれた先代の癒《い》し手の姿。

患者として訪れた目の前の女性は、有りし日のエルシアと同じぐらい、強く優しい眼差しをしていた。

「私はロザリエ・ルクス。これからよろしくね、癒《い》し手様」

「あっ、こちらこそ、お願いいたします」

「名前でお呼びしても？」

「あ、はい……私はリリアと申します。あの、どうか、呼び捨てで……お願いいたします」

様付けされるのは慣れない。それこそ耐えがたいむず痒《がゆ》さに襲われる。

リリアが口にしないその訴えを、聡明な女性は察してくれたようだった。

「リリア、いい名前ね。素敵だわ」

そんなやり取りをして治療が終わると、ロザリエはリリアの診療所を後にした。

今夜は馬車で過ごし、夜が明けたら村長の家に向かうとのことだった。

「緊急じゃなかったなら元々馬車で一晩過ごすつもりだったの。夜中に押しかけた立場で言う権利はないかもしれないけれど、今からでもゆっくり休んで頂戴、リリア。貴女《あなた》、すごく疲れた顔をしているわ」

リリアの目の下の隈《くま》を見つめながらロザリエは心配そうに告げた。

けれどその優しい言葉にリリアは、ただ曖昧に微笑んで彼女たちを見送ることしかできなかった。

――別に気にしなくていい。この隈《くま》は睡眠不足だけが原因ではないし、昨日今日できたものでもないのだから。

――部屋は空いている、朝まで眠るだけならこの家でも構わない。

本当はそう提案するべきだったかもしれない。いやリリアはそう言いたかったのだ。

タイミングはいくらでもあった。ロザリエの患部に薬を塗り、手足の先には補強も兼ねて包帯を巻いた。

その間に、さりげなく口にできたならよかったのに。

思い続けるうちに、ロザリエは診療所を出ていった。

後悔という名の通り、彼女が去ってから自己嫌悪が湧き上がる。

けれどリリアは、自分から積極的に意見を言うことができなくなっていた。

余計なことを言って叱られるのが怖い。

村人に口ばかり達者だと嫌味を言われた時のことを思い出して体が震えた。

あれはいつ頃だっただろうか。毎晩炎症が痛むと怒鳴り込んできた老人に晩酌《ばんしゃく》を控えるように進言した時のことだ。

飲酒することで血の巡りが良くなり痛みが強くなるのだと説明したら、杖で思い切り腕を打たれたことがあった。

お前が完璧に治さないのが悪い、余計な言い訳はするな、頭を下げて詫《わ》び続ければいいと。

思い出したくないほど、悔しくて悲しくて、けれど忘れられない記憶だ。

「……彼女は……ロザリエ様は、そんなこと、なさらない」

わかっているのに。

自分の心についた傷さえ癒《いや》せない、確かに己は無能な癒《いや》し手だとリリアは俯《うつむ》いた。

翌日、リリアは数年ぶりに朝寝坊をした。

大慌てで身支度を整え、なんとか診療所の開始時刻に間に合わせる。

それまで一人の患者も訪れていなかった幸運に、リリアは胸を撫《な》で下ろした。

いつもなら受付一時間前には中に入れろと数人の老人たちがやってくる。

彼らは待合室での会話を気が済むまで楽しむと、大したことのない肩こりや腰痛に治癒魔法を受けて解散する。

そして翌日も同じように診療所の戸を叩くのだった。

だが珍しく本日彼らの訪れはなかったようだ。

どことなく落ち着かない気分でリリアは何度も机を拭く。お腹が軽く鳴った。

朝食を摂《と》る時間がなかったのだ。

何か適当なものを口に入れようか、いややはり我慢しようかと考えていると、戸がきっちりと五回叩かれた。

弾《はじ》かれたように場から離れ、リリアは扉を開ける。

そこには昨夜短い会話を交《か》わした、金髪の美しい騎士が立っていた。

「朝からすまない」

「い、いえ……こちらこそ申し訳ありません」

「……何が申し訳ないんだ？」

不思議そうな声で聞かれ、リリアは言葉に詰まる。自分でも何故謝ってしまったのかわからない。

「え、ええと……しゃ、謝罪をさせてしまいましたし、それに、気をつ、遣わせてしまったことも……こちらの落ち度ですから……」

しどろもどろになりながら、リリアは自分が謝ったことの理由を探して、ぽつりぽつりと言葉を紡《つむ》いだ。返答が遅いと怒鳴られるのではないかと恐れるあまり、ところどころつかえがちになる。

そんなリリアの挙動を見ていた騎士は、なんとも言えないような表情をした。

「……君は、虐待でもされているのか？」

「え……？」

「いや、なんでもない。不躾《ぶしつけ》なことを言ってしまった。よそ者の分際で申し訳ない」

「いえ、そんな……」

こちらこそと再び謝ろうとするのをリリアは自分の意志で押し留めた。

おそらく彼はそのような謝罪は望まない。

リリアが言葉を止めると、沈黙が二人の間を流れた。

「……そういえば、挨拶が遅れたな」

「えっ、あっ！　おはようございます！」

沈黙を破った騎士の言葉にリリアは慌てて挨拶をする。

彼の美しい青色の瞳が驚いたように瞬く。その後騎士は己の口元を優雅に手で隠した。

「おはよう、癒《いや》し手殿。俺の名はアドニス。君の名を教えてもらっても？」

そう笑み交じりの声で自己紹介の挨拶をされて、勘違いに気づいたリリアは耳まで真っ赤になった。

昨夜は突然のことでバタついていたとはいえ、名乗ることすら忘れていたとは。

「リリア、です。あの、呼び捨てでお願いします」

「なら俺も同じように、アドニスと呼んでもらって構わない」

騎士の返しにリリアは心底困惑した。どう見ても相手はリリアよりも立場が上の人間だ。

この小さな村から長年出たことがない田舎者でも理解できる。

それに今まで村の中で一番低い立場に置かれ、孤独な生活を続けたリリアは、人を気安く呼び捨てにすることに強い抵抗を覚えていたらしい。

そのことに気づいたリリアは頷くことすらできないまま黙するしかない。

幸か不幸かアドニスはリリアに返答を求めることはせず、話題を別のものに切り替えた。

「村長の家で、ロザリエ様が君を待っている。……急で申し訳ないが、共に来てほしいんだ」

そう頭を下げられて、リリアは胸の辺りが焼けつくような感覚に見舞われる。

先ほどから薄々気づいていたが、こうして謝罪をされるとどうにも具合が悪くなる。散々粗食《そしょく》をしてきた体に脂《あぶら》ぎった肉を急に詰め込まれたような衝撃で、体が悲鳴を上げるのだ。

謝罪の言葉だけが理由ではない。

ロザリエもそうだが、アドニスから向けられる「癒《いや》し手」に対する敬意のようなものが。

いや、純粋にこちらの時間を使うことへの気遣《きづか》い自体が。

今まで与えられなかったそれらの感情は、リリアの心には刺激が強すぎた。まるで裸の心に熱湯をかけられるように耐えがたく、辛い。

けれどそれを口にしては彼らも困ってしまうだろう。リリアは酸《す》っぱい唾液《だえき》を黙って嚥下《えんげ》した。

「かしこまりました」

アドニスの頼みを承諾し、外出の準備をして再び表へ出る。

入り口には留守中である旨の札をかけておいた。

これを村人たちが見たら、戻り次第リリアに苦情を言うだろうが仕方がない。

彼らが自分を責めるのは日常だ。決して平気なわけではないが、だからといってそれがロザリエの招集に応じない理由にはならなかった。

だが万が一急病人が出たらという懸念《けねん》はある。この村は老人が多い。年を取れば体の不調は多くなる。彼らが癒《いや》し手であるリリアの不在に神経質になる気持ちは理解できないことではない。

村人たちはきっと不安なのだ。

おそらくは先代の癒《いや》し手が突然失踪《しっそう》した時の恐怖と不安がいまだに刻み込まれているのだろう。

リリアの師であり、母や年の離れた姉のような存在だったエルシア。

ある日突然村から姿を消したエルシア。

けれどそれは彼女の意志ではないはずだとリリアは信じている。

決して感情的な理由だけではない。

十年前のあの日。

少女だったリリアは友人と家の前で立ち話をしていた。

親に言われて卵の差し入れに来たのだと笑う相手を見送って、家の中に戻るまでの間は十分もなかった。

そのわずかな間に、台所で朝食の用意をしていたはずのエルシアは消えていたのだ。

台所ではスープが煮えていて、仕上げに入れる香草が途中まで刻まれたままだった。

今にして思えば、突然消失してしまったとしか説明がつかないような状況だった。

当時、そんなことは想像すらせず、少し席を外しただけだろうと思ったリリアは慌てて火を止めて、不用心な育て親に文句を言おうと家中を探した。

けれどどれだけ探してもエルシアは見つからなかった。

そして、その日から十年経っても彼女との団欒《だんらん》がこの家に戻ることはなかったのだ。


村長宅に着いたリリアは、その家の主人からの命令に目を丸くした。

「私の家に、ロザリエ様をしばらくの間お泊めするように、ですか？」

「そうだ」

何か文句でもあるのかというように村長がリリアを睨《にら》む。

ここに客人がいなければ実際にそう口に出して責めていただろう。

それを感じ取ったリリアは萎縮《いしゅく》し頭を下げ、男から視線を逸《そ》らした。

けれど村長の態度は、弱気だが優しい彼らしくない――リリアはかすかに違和感を覚えた。

どうやら随分苛立《いらだ》っているようだ。

そのことを敏感に感じ取り、リリアは怯《おび》えた。

それを察したアドニスの瞳が鋭《するど》く険しいものになる。

「ごめんなさいね、なんだか話の流れでそうなってしまって」

村長の横に立つロザリエが申し訳なさそうにリリアに謝った。

彼女は顔の大部分をヴェールで隠したまま、器用にも伝えたい感情を声に乗せて話す。

「けれど急な話だから、都合が悪ければ当然断っていただいて結構よ」

ロザリエの声の柔らかさに、リリアは恐る恐る緊張を解いて答える。

「だ、大丈夫です！」

それは、彼女にしては随分と大きな声だった。

リリアの返答を聞いたロザリエは嬉しそうに「よかった」と笑う。

その光景を村長は白けた顔で見ていた。リリアへの意思確認など、取るに足らない茶番にすぎないとでも言うような冷ややかな目だった。

そんな彼を無視して、ロザリエはリリアを見つめて話しかけ続ける。

「安心して。男連中は村長の家で預かってもらうから」

「男連中……？」

「私の護衛の騎士たちよ、貴女《あなた》を迎えにやらせたアドニスと、それから今は裏山で猪《いのしし》を狩っているグラジオ」

ロザリエの言葉にリリアは顔を青くする。

猪《いのしし》は立派な猛獣だ。一人であっさりと狩れるものではない。むしろ返り討《う》ちにされる可能性のほうが高いだろう。

リリアはグラジオと同じ騎士であるアドニスを窺《うかが》ったが、その涼しげな顔にはわずかな不安も浮かんでいなかった。

「あれの趣味は猛獣狩りだ。心配しなくていい」

なんの気負いもなく言われ、完全に安心しきれないもののリリアは納得することにした。

話が一段落すると、今すぐ診療所に戻り待機したい気分に襲われた。これは職業病というものだろうか。

「お肉が届き次第、豪勢にやりましょうね」

己の騎士の戦果を確信し、上品に微笑むロザリエの唇は美しかった。

「いやー猪《いのしし》見つかんなかったわ、スマン！」

赤髪の騎士グラジオはそう謝罪しながらも大きな山鳥を二羽仕留めて帰ってきた。

意外なことに、それを手際よく調理したのは貴公子のような美貌のアドニスだ。

リリアの家にあったハーブと、携帯してきたらしい瓶入りのスパイスを使い、彼は短時間で数品を仕上げた。

メインの肉料理とサラダとスープ。そして村長宅から分けてもらったというこの村では一番上等なパン。

その見た目とスパイスと肉が混じり合った芳香《ほうこう》に、朝食を摂《と》っていなかったリリアの腹が小さく鳴る。

ロザリエは顔を赤くした彼女に「ご飯にしましょうか」と笑いかける。リリアはその笑顔に、かつて共に暮らしていた女師匠を重ねた。

そういえば腹を鳴らして恥ずかしがるなんて随分と久しぶりだと気づく。

エルシアがいなくなってから、リリアが誰かと食卓を囲むことなんて滅多になかった。

「ハッハッハ、肉はたっぷりあるからな。たんと食え、癒《いや》し手の嬢ちゃん！」

そう豪快に笑うのは、狩りから帰り軽装になったグラジオだ。

彼は赤い髪に精悍《せいかん》な顔立ちをした青年で、繊細な美しさのアドニスとは対照的に、快活で野性的な魅力があった。

明るい雰囲気のグラジオはリリアにも気さくに話しかけてくる。

けれどその強すぎる陽の気は、リリアを逆にしどろもどろにさせた。

「あ、有難うございます……」

「お前さんくらいの年頃は飯を食うのも仕事の一つだからな。よく食ってよく動いてよく寝ろよ！」

そう威勢よく言われてリリアはシンプルに困惑した。

おそらく、グラジオはリリアの年齢を大幅に間違っている気がする。

確かに体は小柄だし、ロザリエのように化粧もしていないから顔立ちは野暮《やぼ》ったく、全体にあか抜けない子供のように見えるのかもしれない。

けれど化粧に関しては村暮らしなら普通だと思うし、肌は乾いていて子供のような瑞々《みずみず》しさなどない。もう二十歳になるというのに、成長期の少女に見られてしまうとは。

とはいえこの程度の誤解をいちいち訂正したら不快に思うのではないだろうか。

実際グラジオにとってリリアの実年齢など大して重要ではないだろう。

どう切り出していいか迷うリリアに赤髪の騎士は屈託なく笑う。

「いやー俺の妹もこないだいきなり背が伸びてな、体が追い付かなくてガリガリなんだよ。まあ、そのうちに娘らしい体つきになるだろうけどさ」

そう楽観的に言うグラジオに、リリアは下手くそな愛想笑いを返す。

なるほど、この薄っぺらい体つきに幼さを見出したのか。

しかし話の内容からしておそらく十代らしき彼の妹と違い、成長を終えたこの体に伸びしろはない。

リリアは己の鎖骨から下を無意識に撫《な》でさすった。悲しいぐらい滑らかだ。

不思議そうに彼女の動きを見るグラジオの後頭部と肩をロザリエとアドニスが引っ叩いたのはその直後のことだった。


「いや、マジでごめん！　俺昔から女を見る目がなくてさ、いでっ」

「言い回しが悪い。素直に謝罪だけしろ」

ロザリエとアドニスの両名からきつい突っ込みを受けたグラジオ。

彼はその後リリアの実年齢を知ると、勢いよく頭を下げたのだった。

「あ、あの……私は気にしていませんから……」

恐る恐るリリアが会話に混じる。

謝罪しながらも余計なことを口走るグラジオと、そんな彼に再び鉄拳を食らわすアドニス。

この二人が決して険悪な関係でないことは、会って間もないリリアにも理解できている。

ただ、言葉と共に手が出るようなアドニスの接し方には少し驚いてしまう。

小突《こづ》かれたほうのグラジオは平気な顔をしているので、リリアが気にすることではないのだと思うが。

おそらくこれは友人同士のじゃれあいのようなものだろう。

村人たちがリリアに対して行うような「躾《しつけ》」とは違うのだ。

「誤解させた私が悪いんです。グラジオさんが謝罪する必要はありません」

「いや今回は全力で俺が悪いと思うぜ!?」

リリアの言葉に、赤髪の騎士が驚いた顔を浮かべる。

傍《かたわ》らのアドニスは、困り顔のリリアを静かに見つめていた。

まるでこちらを見透かすような翠玉《すいぎょく》の視線に、リリアは逃げ出したくなる。

観察されるのは、あまり嬉しくない。

ただ、それを言葉にすることはできなかった。

「はい、その件はここまでよ」

ロザリエは手を打ち鳴らして室内の視線を自らに集める。リリアはそっと安堵の息を吐いた。

「グラジオはもう少しその節穴の観察力を高めること。アドニスはレディの前で乱暴な振る舞いをしないこと」

いいわね。そう凛《りん》とした声で命じる女主人に騎士の二人はそれぞれ首肯《しゅこう》を返す。

しかしその後すぐにグラジオはアドニスにひそひそと耳打ちをした。

「……でも姫様もさっき俺の肩にパンチしてたよな。かなりいいのもらったんだけど」

あれは乱暴じゃない扱いなわけ？　グラジオは納得いかないように口を尖《とが》らせる。

金髪の騎士は賢明に沈黙を守った。リリアもそれに倣《なら》った。

そして当然それを聞き逃すロザリエではなく、赤毛の騎士は彼女からおかわり禁止令を出されたのだった。


「騒がしくてごめんなさいね」

「い、いえ……」

おかわり禁止令を撤回してもらう代わりに食器洗いを命じられたグラジオ。

そしてその監督役を引き受けたアドニスは食後速やかに台所へ移動した。

後片付けは自分が行うと言うリリアの主張は、早々にロザリエに却下されている。

結果、現在は女性二人が優雅に食後のティータイムを嗜《たしな》む図となっている。

ロザリエはともかくリリアに寛《くつろ》いだ様子は全くなく、落ち着かない様子で茶器に口をつけていた。

それには複数の理由がある。

他人が家事をしているのに自分は座っているだけという状況に罪悪感があること。

皿洗いをしている人物が身なりの立派な騎士たちであること。

そして他人に台所を使われるのは、結構緊張するということ。

最初アドニスが料理をすると言い出した時も、リリアは内心盛大に狼狽《うろた》えたものだ。

決して不潔な状態にしているわけではないが、ここ数年リリアの食事はほぼ固いパンと野菜のスープのみだった。

どちらか片方だけの場合も多い。

料理や食事に時間を使うのが難しかったこともあるが、そもそも食材の入手が困難だったのだ。

外出は村人に厭《いと》われるし、診療所のすぐ外で畑作業をするのも留守扱いで叱られる。

結果治療代代わりに村人から渡される状態のよくない野菜と、村長宅から三日に一度渡される固いパンで暮らすしかなかった。

そのため調理器具はある程度充実しているものの、無用の長物と化していたのだった。

だからこの家にはまともな食材がない。強《し》いて言えば畑で育ちすぎた野菜はあるが、ロザリエのような高貴な婦人の口に入れられるようなものではないだろう。

こういった事情のため、リリアとしてはアドニスが台所に立ち入ることに抵抗があった。

しかし、村人たちに無理を押し付けられてきたリリアは他人の求めを拒否することに恐怖にも似た罪悪感を抱くようになっていた。

結果アドニスに言われるまま台所を貸したのだが、彼は調理器具を一通り確認するとそのまま家を出た。

そして戻ってきた時には新鮮な野菜を抱えていたのである。

村長宅から分けてもらったと沢山のパンが入った木籠《きかご》も手に提《さ》げていた。

食料とはこんなに簡単に手に入るのかとリリアは新鮮な気持ちでそれを見た。

ただそれは、頼んだのが高貴なロザリエに仕える美しい騎士だからだ。

自分はそのおこぼれにあずかる立場でしかない。

そのことを思い出せば、皿洗いを彼らにさせている居心地の悪さがズンと重くなった。

それを察したのかは不明だがロザリエがリリアに微笑みかける。

今は顔を隠すヴェールを取り去っており、彼女の表情が鮮やかに感じ取れた。

「リリアの今のお仕事は、私の話し相手よ」

そう冗談めいた口調で命じられて戸惑うくらい気分が軽くなる。

まるで魔法にかけられたみたいだとリリアは内心感嘆した。

「私のこと、まだちゃんと話していなかったわね。まずはそこから聞いてもらえるかしら？」

そうして、ロザリエは話し始めた。

ルクス伯爵家の令嬢、ロザリエ・ルクス。

リリアが思った通り、彼女は名門貴族の出で、しかしその経歴は意外なものだった。

ロザリエは貴族令嬢でありながら幼い頃から剣才があった。護身術の範疇《はんちゅう》では満足できないほどに。

そして彼女の身分と才能を活かすことができる職業があった。王家の姫君の護衛騎士だ。

その存在を知った彼女は当然その地位に就《つ》くことを望み、努力をし、十代のうちにその願いは叶《かな》った。

けれどその栄華も長くは続かなかった。

彼女の華々しい活躍を妬《ねた》んだのだろう、何者かが彼女の紅茶に毒を仕込んだのだ。

毒は彼女の命こそ奪いはしなかったものの、美しく滑らかだった肌をおぞましい異形に変えた。

もちろん、ロザリエの心はそんなものに屈することはなかった。

しかし、周囲の人間は違った。

変わり果てたロザリエの姿を恐れ、蔑《さげす》み、そして彼女は貴い王族に近づくことを許されなくなったのだという。

ロザリエの口ぶりは軽妙で明るいものだったが、幼い頃からの夢を奪われ、刻一刻と悪化する体を抱える日々はどれだけ孤独だっただろう。

リリアが不安そうにロザリエを見つめると、ロザリエは柔らかな笑みを浮かべた。

「辛いことなんてなかった、と言えば嘘になるわ。だけどもう、本当になんでもないの」

そう言って、ロザリエはリリアをまっすぐに見つめる。

「……って、私ばかり話してしまって、退屈だったかしら」

「そんなことないです！　すごく、素敵なお話ばかりで……」

この場所へ至るまでのことだけでなく、ロザリエは沢山のことをリリアに語った。

二人の騎士について、最近食べた甘味、季節の果物、王都で流行の髪形や服装。

村の中だけで生きてきたリリアの世間知らずに呆れることもなく、むしろ教えるのを楽しむようにロザリエは話した。

ロザリエの言葉通り、リリアは彼女の話し相手になった。

それは新しい本を読むようなときめきと楽しさを、孤独な癒《いや》し手に与えた。

ロザリエとリリアは境遇も性格も全く異なる。

けれどその差異をロザリエの話の中から感じてもそれは決して不快なものではなかった。

ロザリエがそれを『格差』ではなく、あくまで『違い』として扱ったからだろう。

リリアは口下手ではあったが、ロザリエの話に目を輝かせて聞いていた。

会話の中で彼女が己と二つしか違わない年齢と知った時は驚いたが、ひたすら感心するだけだった。

「貴女《あなた》のように嬉しそうに私の話を聞いてくれる人は、初めてだわ」

聞き役として非常に熱心なリリアに対し、ロザリエは自らも嬉しそうに笑んだ。

彼女に問われるようなかたちでリリアも自らのことを、ぽつりぽつりと不器用に伝えた。

養い親の失踪《しっそう》についても、昨日今日知り合った相手とは思えないぐらいあっさりと打ち明けられた。

エルシアのことを聞いたロザリエは真剣な目で「捜索に対し助力を惜しまない」とリ

リアの手を握った。
その言葉に胸が熱くなるのを感じながら、同時にリリアは怯《おび》えた。
――どうして彼女はこんなにも親切にしてくれるのだろう。
己は彼女に対して何もできていないのに。
包帯の巻かれたロザリエの指先を見ると、リリアの胸に申し訳なさが湧き上がる。
リリアがロザリエに処方した薬は、本来は癒《いや》し手がいない時のためのものだ。
こうした薬は、冒険者が魔物狩りに行く際に持たせるのだとエルシアは言っていた。
きっと師匠《エルシア》なら、ロザリエの石化など薬に頼らず魔法で瞬く間に癒《いや》してみせただろう。
そんなことを考えていたたまれなくなっているリリアに、ロザリエは語りかける。
「ねえ、リリア。我儘《わがまま》ではしたないお願いをするわ。でも怒らないでね」
ロザリアはリリアの手を握り、続けた。
「貴女《あなた》、私専属の癒《いや》し手になってくださらない？」
唐突に乞《こ》われて、リリアは目を大きく見開いた。
ロザリエ専属の癒《いや》し手になる。
それが何を意味するのかを、リリアは漠然《ばくぜん》としか想像できない。
ただ一つだけわかることがある。

それを承諾すれば己はこの村から出ることになるということだ。

何故ならロザリエたちは村の外から来た旅人なのだから。

それは、できない。

だってこの村にはエルシアの「家」があるから。

「恐れ入りますが……」

「別にこの診療所を閉めろと言っているわけではないのよ」

「え？」

震えながらも辞退の言葉を口に出そうとしたリリアを、ロザリエが遮《さえぎ》った。

「だってここは、貴女《あなた》たちの家でしょう」

あっさりと口にしてロザリエは茶を口に含む。

自らの早合点をリリアは無言で恥じ入った。

「かといって通いも難しいでしょうから……。そうね、可能なら週のうち四日、私のもとへ来てもらうというのはどうかしら」

「週の四日を、ロザリエ様のおそばで……？」

「そう。当然衣食住はこちら持ちだし、村との行き帰りは馬車で送迎させるから、残りの三日はこの村で過ごせるわ」

具体的な日数を挙げられてリリアの心臓はバクバクと騒ぎ始める。

このままだとロザリエの言いなりになってしまうだろう。

何故ならそれをリリア自身がどこかで望んでいるのだから。

「あ、あの……」

「ああ、そうね。何よりもまず報酬の話よね。とりあえず……」

「報酬……？」

「ええ、報酬よ。貴女《あなた》みたいな有能な癒《いや》し手を雇うのだから当然……」

有能な癒《いや》し手という言葉にリリアの戸惑いが凍り付く。

長年村人から無能扱いされてきた劣等感が期待に弾む胸を鎖《くさり》のように縛《しば》り付けた。

「……じゃないです」

「は？」

「ごめんなさい、私は、貴女《あなた》が期待するような癒《いや》し手じゃ、ないんです……」

期待されて求められて、失望されて、貶《けな》されて。

そんなことには慣れたはずだけれど。

また最初から同じ目に遭《あ》うのかと思うと、足が震えた。

だからリリアは申告する。少しでも自分が傷つかないようにと。

ロザリエはまだリリアの未熟さを知らない。

今ならまだ彼女に失望されるのには耐えられる。今のうちに、自分の正体を明かしてしまおうと思った。

「私は……無能な癒《いや》し手なんです」

リリアは癒《いや》し手であるエルシアに運良く拾われ、一緒に暮らしていただけだ。

確かに彼女のもとで癒《いや》し手として修業したが、何年経っても自分はエルシアの域には達せなかった。

治癒に時間がかかり、患者を満足させられない無能な癒《いや》し手。

だからロザリエの専属になる資格など有していない。

そうリリアは言葉を締めくくる。

「……言いたいことはそれだけ？」

静かにリリアの表情を窺《うかが》っていたロザリエが、声を低くして言う。

「なら次に話すのは私の番ね」

そうリリアを正面から見るロザリエの青い瞳には、静かな憤《いきどお》りが宿っていた。

「まず癒《いや》し手である時点で無能ではないわ。そこは理解できている？」

「……それは、私は、エルシア……育ててくれた人がたまたま癒《いや》し手だったから」

「そうなのね。でもそれはきっかけよ。癒《いや》し手というのは誰でもなれるものではないの」

リリアの卑屈とも思える発言を、ロザリエは説きふせるように言葉を返す。

彼女の声は理知的で、あえて感情を削ぎ落としているようだった。

「誰にでもは、なれないと思います。修業があるから、でも……」

「修業は必要ね。でも修業したからと言ってそれだけでなれるわけではないわ」

「……そうなの、ですか?」

「……なるほど、そこからなのね」

おずおずとしながら話に食いついてきたリリアに対し、ロザリエは呆れとも感心ともつかない感情をわずかに見せた。

彼女はリリアの異常なほど低い自己評価には、いくつかの要因があるだろうと早々に見当をつけていた。

だが、その一つにそもそも己の職業の希少さを知らないことが入っているとは思わなかったのだ。

リリアの養い親は、彼女をどうするつもりだったのだろう。

失踪《しっそう》が意図しないものだったとしても、修業を始める前に説明すべき事柄ではないかとロザリエは内心溜息を吐いた。

「修業しただけでなれるなら、この村に癒《いや》し手はもっと存在していいはずじゃない？　だって、貴女《あなた》の師匠がいたのだから」

　そうロザリエは指摘する。

　リリアにはまだ伝えるつもりはないが、癒《いや》し手でなくても軽い治癒魔法を使える者は実際存在する。

　けれどそれは修業をしたものの「癒《いや》し手には至れなかった者」たちがほとんどだ。

「それは、農作業とかで修業をする暇がないから……」

「癒《いや》し手になれば農作業なんてする必要はないわ。癒《いや》し手なら、治癒の礼金だけで十二分に衣食住を満たしてもお釣りがくるのだから」

「……？」

「なるほど、そっちもね……なるほど」

　なるほど。ロザリエは思わず心の中で繰り返す。

　リリアが世間に疎《うと》いのは先ほどの話などから理解できていた。

　ただ、ここまで「相場」を知らないとなるとつい邪心が芽生えそうになる。

　まるで、この村の誰かのように。

　ロザリエが自らのそれを戒《いまし》めるには少しの時間を要した。

リリアを上手く言いくるめて持ち帰り、便利に使うことは容易《たやす》いだろう。けれど嘘というのはいずれ暴かれるものだ。その時に失望されるのはリスクが高すぎる。

第一リリアを騙《だま》して癒《いや》し手を安く買い叩く必要などロザリエにはない。むしろ相場以上を出してでも、自分は彼女が欲しい。

ロザリエは村の中しか知らなそうなリリアに理解できるように、癒《いや》し手の価値を説明するべく頭を捻《ひね》った。

「癒《いや》し手というのはね、一人いればそこに街ができる。そのくらい貴重な存在なのよ」

「街が……!?」

「ああ、よかった。街はわかるのね」

嫌味でもなんでもなくロザリエは口にする。

リリアもそれを嫌味だとは全く思わず大真面目に頷いた。

「まあそれはさすがに昔の話で、今は街のほうが癒《いや》し手を招致する場合が多いのだけれど……ただそれももう古い情報ね。今は癒《いや》し手のほとんどを教会側が管理しているから……」

そう語るロザリエの瞳に少しだけ苛立《いらだ》ちが浮かぶ。

彼女が努力して掴み取った、護衛騎士という誉《ほま》れ。

けれど毒に穢《けが》されたことでロザリエは護衛騎士を続けることができなくなった。

異形の姿にされたロザリエに下されたのは、魔物退治を主な任務とする「不滅の薔薇騎士団」団長の辞令だった。栄転ではなく、体《てい》のいい左遷《させん》だ。ロザリエの乳兄弟で槍術に優れたグラジオ、それから前団長の計らいで古参の団員であるアドニスが直属として就《つ》いてくれたことは僥倖《ぎょうこう》だった。

ロザリエは解毒のために必死で手段を探し、教会に頼った。

癒《いや》し手を管理するのは教会の管轄だからだ。

何度も使いを出し、頭を下げ、高額の布施《ふせ》をし、やっと受けられた治癒は、しかしロザリエの望むものではなかった。

まるでそよ風のように心地いいだけの治癒魔法は、ロザリエの症状になんの変化ももたらさなかったのだ。

ロザリエは癒《いや》し手を問い質《ただ》した。

その結果、癒《いや》し手といっても人によって能力差があり、教会から斡旋《あっせん》された癒《いや》し手には石化や鱗《うろこ》化を治す力はないという事実が判明した。

ロザリエが治療を希望していた内容はとっくの昔に教会側に伝えてある。

しかし教会に対する抗議は全て「そちらの信仰心が足りないからだ」という言葉で握り潰《つぶ》された。

その言葉に激怒した記憶が蘇《よみがえ》る。

教会の連中も憎たらしいが、一番許せないのは護衛騎士の座に戻りたいばかりに冷静さを欠き、金を騙《だま》し取られた自分の迂闊《うかつ》さだ。

教会は定期的に癒《いや》し手の力を「奇跡」と称し見世物にしている。それを見れば癒《いや》し手の治癒能力がどれほどのものか推察することもできたはずだ。「奇跡」という言葉に惑わされ、盲信していた。

怒りと絶望と虚脱の後に残ったのは決意だった。

少なくない金額を家に返すためにロザリエは護衛騎士として働いていた時に得た給金のほとんどを費やした。父は返却など必要ないと言ったが、これはロザリエのけじめだった。

(当時の私がどれだけ大金を積んでも得られなかった治療を、まさか今頃この辺鄙《へんぴ》な村とも言えないような場所で受けられるなんてね)

叫び出したくなるような喜びとなんとも言えないもやもやした気持ちをロザリエは同時に抱え、戸惑う。

けれどそれをリリアが察する前に彼女は表情を切り替えた。

「癒《いや》し手は病や怪我を魔法で治してくれる奇跡の存在だから当然よ。ある程度の治療は薬師《くすし》や医師でもできるけれど、癒《いや》し手の治癒魔法は回復速度が違うし……」

「確かに手をかざすだけで軽い傷ならすぐ消せます、からね」

「……はい？」

リリアの返しにロザリエは戸惑う。そしてそのようなロザリエの様子に今度はリリアが戸惑う番だ。

もしかして失言をしたのではないかという不安が癒《いや》し手の顔に浮かぶ前に、ロザリエは素早く言葉を紡《つむ》いだ。

「ナイフで軽く切った程度の傷があるとして、手をかざしてから傷が見えなくなるまで、貴女《あなた》の治癒魔法はどのくらいかかる？」

「えっと……私は三十秒もかかりますが、エル……先代の癒《いや》し手はかざした次の瞬間には消えてました」

「三十秒、も？」

「すみません、私は、遅くて……」

「違うの。そういう意味ではなくて。……ちょっと待って頂戴。価値観の相違がすぎるわ」

ロザリエは手を二回打ち鳴らす。

するとまもなくグラジオが居間に顔を出した。

「お呼びですか」

「グラジオ。今教会が目玉にしている聖女ラケシスだけれど、以前王都の広場で行っていた催しを覚えている?」

「ああ、あの信徒がわざと短剣で傷つけた手の甲を聖女が奇跡とやらで癒《いや》す……って、悪趣味なヤツっすか?」

「そう、それ。始まって見物人が奇跡だと騒ぎだすまでどれぐらいの時間だったかしら。確か……五分?」

「まさか。たっぷり十分以上は使っていましたよ。まあ、見世物としては充分でしたけどね。小さな切り傷とはいえ、あの短時間で完治させるとはさすが聖女様だ」

感心したようにグラジオは言う。

そして当然だがリリアは彼が何に感心しているのか理解できていないようだった。

しかし理解できないながらも頑張って理解しようとしているのだろう。苦悩がありありと浮かぶ。

「……その、聖女様はそんなに大勢の前で、魔法を見せることができて、すごいと、思います」

「ん？　まあそれだけ治癒魔法に自信があるんだろう。実際あれは奇跡って言って間違いないものだしな」

そう重ねて言うグラジオに自分で納得どころを見つけたのかリリアも素直に同意する。

「まあでも聖女様クラスじゃなくても、癒《いや》し手ってだけで充分すごいぞ」

だから自信持てよとリリアの頭を無遠慮に撫《な》でる。

その掌《てのひら》の下で逃げ遅れた猫のように固まるリリアをロザリエは眺める。

目の前で己の騎士に小動物のように扱われているこの娘が、件《くだん》の聖女を凌駕《りょうが》する存在であるという。

ロザリエはリリアの治癒魔法をまだ一度も受けていない。

実際に施されたのは塗り薬での治療だけだ。

それなのにリリアを癒《いや》し手として雇用しようとしたのには理由がある。

正直なところ、毒の症状さえ治してくれるなら手段が魔法でも薬でもロザリエは頓着しない。

なので優れた癒《いや》し手がいるという情報を頼りにこの村を訪れたが、リリアの治療方法に一切の失望は感じなかった。

むしろ石化と鱗化《うろこ》という複雑な症状に対し難しそうな表情すら浮かべず、てきぱきと対処するリリアの薬師《くすし》としての技量に驚嘆したぐらいである。

癒《いや》し手の中でも、治癒魔法と薬での治療を並行して行う者は珍しくない。

治癒魔法の技量の低さを薬師《くすし》の知識で補っているのだ。

だからロザリエは、当初リリアもそのタイプなのだと思っていた。

しかし、どうやらそれは勘違いだったらしい。

薬師《くすし》として優れているだけではなく、治癒魔法の使い手としてもおそらくリリアは……

それを言葉だけでなく、実際に確かめてみたい。

「……ねえ、リリア」

「はい、ロザリエ様」

「貴女《あなた》を試す私を許してね」

詫《わ》びの言葉とほぼ同時に、ロザリエは服に忍ばせていた短剣を抜く。

そしてグラジオが動き出すよりも早く自らの指先にその刃を滑らせた。

石化も鱗《うろこ》化も免れていたため剥《む》き出しになっていた人差し指に、血の朱《あか》がふっくらと滲《にじ》み出す。

「……どういう趣味っすか」

呆れたように言うグラジオに、「教会と同じ悪趣味よ」とロザリエが返す。

黒目がちな目を大きく見開いたリリアの前に、ロザリエは自らが傷つけた指先を差し出した。

表情を硬直させながらもリリアの両の掌《てのひら》は吸い寄せられるように負傷した人差し指を覆《おお》う。

治してほしいとロザリエが頼むよりも前に、その傷口は暖かな光により塞《ふさ》がり始めていた。

そしてグラジオとロザリエが見守る中、リリアの治療は二十秒もせずに終わった。

先ほどの申告よりも十秒も早い。

「……これは見世物にはならねぇな」

あまりの速度に赤毛の騎士が引きつりながら冗談を言う。

そうだ、これは見世物にはならない。

むしろ奇跡を超えて秘匿《ひとく》されるべき代物である。

本来であれば王家や教会が大事に囲って、民間人の治療など絶対させないだろう。

こんな存在が村で貧しい暮らしをしているなど、癒《いや》し手の価値そのものを揺るがしか

ねない。

王都で聖人と呼ばれ崇《あが》められている存在の大多数よりも、この不健康そうな乙女の治癒魔法は圧倒的に優れているのだから。

自らが手に入れようとしている対象のあまりの希少さに、ロザリエは思わず身震いをした。

「おい、グラジオ」

グラジオとロザリエの二名がリリアの能力に驚愕《きょうがく》しているところにアドニスがやってくる。

皿洗い役の赤髪の騎士がいつまで経っても台所に戻ってこないことを不審に思ったらしい。

彼の視線は女主人と同僚を一瞥《いちべつ》した後、彼らに囲まれている癒《いや》し手に留まった。

二人の興奮を隠せない表情とは逆に、リリアの瞳には怯《おび》えと戸惑いが色濃く浮かんでいる。

彼女だけが異なる感情を抱いて孤独になっている。

しかしそのことにロザリエは気づいていない。その視線の先に黒髪の癒《いや》し手がいるにもかかわらずだ。

聡《さと》い彼女がそのようになるほどの衝撃的な出来事が起こったのだとアドニスは察した。

「ロザリエ様」

「っ、アドニス？」

己の名を呼ぶ金色の騎士の声にロザリエはびくりと肩を震わせる。

どうやらアドニスが室内に入ってきたことにも気づいてなかったらしい。

そのことを美しい騎士が責めることはなかったが、彼女は自省したらしく耳たぶを赤らめた。

「彼女が、怯《おび》えています」

アドニスは視線でリリアを指し、静かに告げる。

その声には女主人に対して蜻蛉《かげろう》の羽よりも希薄ではあるものの、非難の感情があった。

グラジオが器用に片目を閉じる。

「いやー怖かったよなー、おっかないお姉さんにいきなり刃物出されたらなー」

そうつらつらと言いながら赤髪の騎士はリリアの頭をぽんぽんと軽く叩いた。

それは幼い動物や子供をあやす仕草のようで、到底癒《いや》し手に対してすべき対応ではない。

だが先ほどまで己が浮かべていた畏怖《いふ》の感情を振り切るように、グラジオはリリアに対し馴《な》れ馴《な》れしく接した。

だがそうされればされるほど、リリアのこわばりは増すばかりだ。

アドニスは無言でグラジオの手をリリアの頭から剥《は》がした。なんだよと不服そうにグラジオは口を尖《とが》らせる。

「女性の髪にみだりに触るな。やたらと子供扱いもするな」

失礼だろう、と正論を言われ赤髪の騎士は不貞腐《ふてくさ》れたような表情を浮かべる。

けれどそれもポーズだったらしく、すぐに人懐っこい笑顔を浮かべリリアに謝った。

しかしリリアの瞳はグラジオではなく、その横のロザリエを見ている。

今度は聡《さと》く気づいたロザリエは、リリアの言葉を待った。

「あ、あの、ど、どうして」

リリアはロザリエをはっきり見上げて告げる。

「どうして、自分で自分を傷つけるのですか」

そうたどたどしく紡《つむ》がれる声には凛《りん》とした怒りが込められていた。

癒《いや》し手としての能力を試すようなことをされたからでは決してない。

癒《いや》し手だからこそ、眼前で軽々しく自らの身を傷つけた行為に本気で怒っている。

「もう、そういうのは、やめてほしいです」

ぶるぶると震えながら、おそらくできる限りの強い言葉でリリアは軽率な患者を戒《いまし》める。

それを見ている騎士二人は、彼女を咎《とが》めることも窘《たしな》めることもしない。

ただ女主人の動向を観察している。

「……そうね、ごめんなさい」

馬鹿なことしたわ。

ロザリエは素直に頭を下げ、謝罪した。

第二章　癒《いや》し手の傷

ロザリエの自傷行為をリリアが戒《いまし》め、ロザリエが素直に謝罪したその後。

リリアは急に青褪《あおざ》めたかと思うと、突然嘔吐《おうと》した。

そのことでますます蒼白になり、謝罪の言葉を繰り返しながら掃除道具を持ってこようとする。

それを止めたのはアドニスだ。

彼は視線をリリアの位置まで下げると、彼女の目をまっすぐに見て「動くな」と言った。

その命令に対し怯《おび》えると思えたリリアは意外なほど大人しくなる。

アドニスはそれを認めてから卓上のナプキンでリリアの口元を拭《ぬぐ》う。

「口をゆすいでからベッドで休みなさい。できるか？」

父親が幼い娘に言って聞かせるような柔らかさで、アドニスはリリアに言い聞かせる。

リリアはこの言葉にも素直に頷いた。アドニスも同じようにゆっくりと頷く。

「俺は怒っていない。具合が悪い時に吐くのは仕方がないことだ」

俯《うつむ》いたリリアにアドニスは続ける。

「こんなことで俺たちはお前を怒らない」

そう繰り返すように告げるとリリアは「ごめんなさい」と消え入りそうな声で呟く。

リリアの口癖のような謝罪に対しアドニスは頷くことも窘《たしな》めることもしない。大丈夫だとだけ言った。

その後、リリアが先ほどの言いつけ通りにするのをアドニスは気配で見守った。部屋までついていき甲斐甲斐しく構うことはしない。

寝室の扉が閉まる音を聞いた後、ようやくアドニスは残された二人に向き直った。

「さて……言うことは？」

「えっと、床の掃除は俺様がしまーす」

「アドニス、そんな険しい顔をしたらせっかくの美形が台無しよ？」

同僚と女主人の言葉は、金色の騎士の表情を緩めることはできなかったらしい。

特にロザリエに対し険しい視線をアドニスはぶつけた。

その無遠慮さを窘《たしな》めることもできずロザリエはばつが悪そうに視線を逸《そ》らす。

「彼女に体調を崩させたというご自覚は？」

「あります。びっくりさせすぎちゃったのね、私は乱暴すぎたわ」

リリアには本当に酷いことをしてしまった。うなだれて反省する姿に偽りはなかった。

そのことにアドニスは若干表情を緩めるが、それだけではないとロザリエの認識を訂正した。

「自傷行為に驚いたこともあるでしょうが、彼女の顔色が急に悪くなったのは貴女《あなた》を叱ってからだ」

「そりゃ、自分のした行為が無礼だと思って震えたんじゃねーのか？」

「それなら、私が身分を明かした時にだってもっと動揺していたはずだわ。でも彼女は私の素性を知って驚きこそすれ、恐れたりはしなかった……」

――そうか、誰かを叱ったりする行為自体に強い拒否意識があるのね。

冷静にリリアの性質を把握したロザリエだが、すると次の疑問が浮かび上がる。

リリアは何故軽く相手を窘《たしな》めただけで嘔吐《おうと》するほどの負担が心身にかかってしまうのか。

ロザリエの疑問に、アドニスは深い青の瞳を一度だけ閉じて告げる。

「虐待されていた、もしくは現在もされている可能性があります。……昔、主人に酷い虐待をされていた奴隷の少年を保護した時、彼女と似たような怯《おび》え方をしていました。逆らうことを決してしないように、恐怖で言葉を制限されていたのだと」

そうアドニスは淡々と説明した。

この村で、あの癒《いや》し手は虐《しいた》げられているのではないか。

騎士の言葉にロザリエとグラジオはどちらも難しい顔になった。

重い沈黙が場を支配する。

そんな中、診療所の扉を無遠慮に叩く音が響いた。

ロザリエの顔の件もあり、診療所のカーテンはぴったりと閉められている。

三人は息を殺して来訪者の行動を見定めた。

一分ほどしても戸を叩く音は途絶えない。

むしろドアノブを乱暴に動かしたり、足で蹴りつけたりしているような音が増えている。

「おいリリア、いないのか！　鍵なんかかけやがって！」

「あーはいはい、俺が出るわ」

ロザリエをリリアのいる部屋のほうへ追いやり、グラジオは肩を竦《すく》めた。

この建物は診療所と住居が一体になっている。

それを考えれば、相手はリリアを訪ねてきた友人などではなく、十中八九怪我人か病人だろう。

「にしては、元気良すぎるだろっと」

扉を開けようとするところへ無言でついてくるアドニスを、グラジオは手で追い払った。

「ついてきたいならもう少し地味な顔になってからにしてくれますぅ？」

「何故だ」

「俺は、癒《いや》し手の嬢ちゃんに対する患者たちの態度が知りたいんだよ」

「それで？」

「お前みたいなキラキラしたのに後ろから監視されて、奴《やっこ》さんたちが本音を話すとでも？」

「話させればいい。得意だろう」

「……尋問じゃねぇんだぞ」

せめて目立たないように部屋の隅《すみ》にいろ。

そう溜息交じりに指示を飛ばし、グラジオは診療所の扉を開ける。

扉を蹴るタイミングに合わせて内に引いたので、無礼な客は見事にバランスを崩し倒れ込んだ。

「あら～大丈夫～？　今癒《いや》し手様はお留守だから治療とか無理よ～？」

「っ、何しやがんだ！　馬鹿娘!!　……なんだおめェは」

リリアに対し悪態を吐いていた中年男は、言い切ってからやっと相手がリリアではないことに気づいたらしい。

のんびりとした口調とは裏腹に、グラジオの目は一切笑っていなかった。

おそらく背後で身を潜《ひそ》めている金色の騎士のほうは、既に射殺すような眼光になっていることだろう。

そう赤毛の騎士は想像しながら唇を吊《つ》り上げる。

「俺はリリアちゃんの知り合いってとこ。まあ簡単な打ち身の手当と茶を淹《い》れるぐらいならできるからよ」

グラジオは倒れた村人を見下ろしながら、ニッと笑顔を見せる。

「中で治療しながら色々話聞かせてくれない？」

人好きのする表情でグラジオは村人を招き入れた。

「リリアの、知り合いだと？」

赤毛の騎士の自己紹介に、中年男が訝《いぶか》しげに眉根を寄せる。

それを見たグラジオは素早く会話の修正を試みた。

「まあ知り合いになったのは昨日なんだけどねえ」

そう言って、人の良さそうな笑みを浮かべるグラジオ。

「他の村への行商帰りに野盗に襲われてさぁ、主人と一緒に慌てて逃げたらこの近くに辿《たど》り着いたってわけ」

へらへらと笑いながら自分は行商人の護衛だと名乗る。

「なんだ、兄ちゃん情けねえなあ」

「まあ野盗どもは完全に撒《ま》いたから安心してよ。しかしのんびりした良い村だねえ。村長さんもいい人そうだし」

そう有力者をさりげなく持ち上げる。

これもグラジオなりの情報収集の一つだ。

癒《いや》し手という、本来であれば敬われ、莫大な富を得ているはずの職に就《つ》いているリリアの台所には、しおれた野菜と調味料程度しかなかった。

だが村長宅から分け与えられたのは質のいい小麦で作られたパンと新鮮な野菜。

ロザリエが金を惜しまなかったとはいえ、余剰がなければ譲ることはできない。

つまり村長宅には上質な食料が備蓄されているということだ。

なのに貴重な癒《いや》し手であるリリアには粗末な食生活をさせ、そのことを誰も気に留めている様子はない。

これは単純に癒《いや》し手の価値も知らない無知な人間がこの村の長である、というだけなのか。

それとも。

「ああ、村長様はいいお人だ。俺の息子が街へ出稼ぎに行くための金も出してくださった」

「へえ……」

聞けば彼のところだけでなく、村長の実子も含め若者は全員街へ働きに出ているのだという。

それも、全て村長の支援あってということだった。

――道理でそこそこ年老いた人間しか農作業をしていないわけだ。

グラジオは猪《いのしし》狩りへ向かう途中で見かけた村の様子を思い出した。

「まあ、そのせいで畑の世話がちっとばかり大変だけどな」

「だろうねえ、今日もどこか体痛くしたの？」

だから診療所に来たのだろうと、当たり前のようにグラジオが聞く。

しかし男の顔色は良く、体のどこかを庇《かば》っている様子も見受けられなかった。

「まあ痛いってわけじゃないが、この前リリアに治してもらった足がな」

「足が？　完全に治ってなかったとか？」

「いいや、調子はいいんだ」

それなら一体何が不満なのだとグラジオが聞く前に、男はさも当然のように続けた。

「だがリリアの奴、治したきりなんの確認もしに来なくてな。頭にきて説教に来てやった」

さも自分は正しいことをしていると確信している者特有の目の輝きで中年男は言う。

グラジオは一瞬相手が何を言っているか全く理解できなかった。

「いや普通はさ、その後のお加減はどうですかとかあるだろ」

「は？　癒《いや》し手が？　わざわざアンタの家に行って？　それ聞くの？」

どこの王侯貴族だよ、そう吐き捨てそうになるのをグラジオはギリギリで堪《こら》えた。

「当たり前だろうがよ、俺は足の骨折ったんだから」

「でも普通に歩けているじゃん」

「そりゃリリアが治したからな、手際が悪くて時間はかかるが治せることは治せるんだアイツは」

まるで異国の人間と会話しているようだ。

いや国どころか世界が違うようにしか思えない。

赤毛の騎士は怒りよりも戸惑いを強く覚えた。

だがこの理不尽な傲慢《ごうまん》さには馴染みがある。

少年時代、一時期従者として仕えていた騎士がこんな風に理不尽な暴君だった。

格下と認識した相手に対しては決して褒めることをせず、辛辣《しんらつ》にこき下ろすことが『教育』だと本当に信じ込んでいる奴だった。

だが奇妙なのはただの村人が癒《いや》し手に対しそんな態度を取ることだ。

おそらくこの男は世間的な癒《いや》し手の価値を知らない。

人間性の問題ではなくこの男の常識は、おかしい。

いやリリアの態度を見るにこの男だけが異常なわけではないのだろう。

この辺鄙《へんぴ》な村で生まれ、一度も外に出ず死んでいくのならば有り得るのかもしれない。

ここまでを数十秒の間に考え、グラジオは中年男に対し愛想笑いを浮かべ直した。

「そうなんだ……で骨折って、治してもらうのにどれぐらい時間かかったわけ？」

「昼飯食ってからここに来て、日が落ちる少し前までだな。仕事があるから早くしろって怒鳴ったら汗だらだら流してよ」

頑張ってるふりだけは上手いんだあいつは。

そう腕組みをしてふんぞり返る中年男の傲慢《ごうまん》さにグラジオはもはや驚きはしない。

そして背後から突き刺さるような怒気を隠しもせずに近づいてくる金色の騎士を止めることも、もはやしないのだった。

グラジオの言いつけ通り隅《すみ》で気配を消していたアドニスが、怒りを露《あら》わにして中年男に近づく。

それは大型の肉食獣が突如木の上から降ってきたかのような驚きと恐怖を村人にもたらした。

男は自然と目の前にいる大柄の騎士に助けを求めようとする。

けれど縋《すが》ってくる腕をすげなく避けて、グラジオは冷たく笑った。

「ごめんねえ、俺もこいつも紳士だから女の子を虐《いじ》める悪人は許せないんだわ」

「お、俺は悪人なんかじゃない！」

「そっか、自覚なしのタイプかー。無知は罪だねえ」

赤毛の騎士はさりげなく扉の側に回り男の逃亡を阻《はば》む。

今まで大柄な彼の体で隠されていた簡素な室内には、アドニスの怒気が満ち満ちていた。

「……俺は、無知は罪だとは思わない」

美貌の騎士は、氷のような声で愚かな村人に告げる。

鋭利な刃物のようなアドニスの眼差しは、冷徹な怒りを宿して中年男を突き刺した。

「彼女を未熟な癒《いや》し手だと、そう判断したことを愚かだと思っても怒りはしない。……しかし、未熟だからといって虐待を正当化する理由がどこにある？」

言ってみろ。そうアドニスに命じられて男はガタガタと震え出した。

背は高くないが長年農作業をやっているだけあって体はそれなりにがっしりとしている。

けれどそれは若く鍛えられた騎士を相手に蛮勇をふるえるものではなかった。

「お、俺は……リリアに成長してほしくて……」

アドニスの怒りの原因を必死に推察して中年男はへらへらと答えを絞り出す。

しかし保身に塗《まみ》れた言葉が金色の騎士の心を宥《なだ》めることは一切なかった。

「成長？　なんのだ？　彼女は必死に汗を流してお前の骨折を数時間で癒《いや》した。これ以上何を望むことがある？」

そう金色の騎士に問われて村人は素直に答える。

「骨折の治療に数時間もかかるのがおかしいんだよ！　エルシアさんなら軽く撫《な》でるだけで終わったんだ!!　リリアだって本気でやればそのくらいできるだろ！　なのにやらないあいつが悪い！　それを責めて何が悪いんだ！」

そう開き直る中年男に、二人の動向を見守っていたグラジオは呆れと侮蔑《ぶべつ》を浮かべる。

エルシアというのはリリアの育て親であり、この村の先代の癒《いや》し手だったか。

話を聞く限り、常軌《じょうき》を逸《いっ》したレベルの癒《いや》し手だったようだが……どうやら、随分とよくない印象を村人に植え付けてしまったらしい。

グラジオは小さく溜息を吐いた。

特別な存在は、施しをする際に自身が特別であることを無知な人間に教える義務がある。

そうでなければ、今回のような悲劇が起こるのだから。

「ならばあの娘はこの村にいらないいな？　お前の認める癒《いや》し手の域に、リリアは到底達していないのだから」

そう男の言葉を逆手に取りアドニスは告げる。

「ならば俺たちが彼女を連れていっても文句は言うな」

そう語る美貌の騎士に中年男は真っ青になった。

「そ、それは困る！」

リリアは癒《いや》し手として不出来だ。だがいなくなってもらっては困る。

そんなことを恥ずかしげもなく主張する村人にアドニスの表情が更に険しくなる。

「彼女が必要ならもっと大切にしろ！」

男の首元を掴んで至近距離で怒鳴りつける。

アドニスは眩《まばゆ》いほどの美貌の男だ。

面食いの婦人辺りが同じことをされたなら頬を赤らめて喜ぶかもしれない。

だがあいにくこの場にいるのは年の差こそあれ全て男だった。

「お、俺たちはあいつに早く一人前になってほしくて……！」

「だからそれがおかしいというんだ！　彼女の癒《いや》し手としての力は……」

「はい、一旦ストップ」

グラジオがアドニスの両腕から男を無造作に引きはがす。

腰が抜けたらしき村人は、膝をつくようなかたちで床に座り込んだ。

男のズボンの裾《すそ》を踏んで逃亡を阻止しながら、グラジオは金色の騎士に相対する。

「それは教えちゃ駄目だってアドニス」

「なんでだ。彼をはじめ、村人は彼女の偉業を知る義務がある」

グラジオは困ったような顔で年下の騎士を窘《たしな》める。

けれどアドニスは反省の表情を浮かべることすらせず反論した。

確かに金色の騎士の主張もわかる。

この村で地に落ちているリリアの名誉を取り戻すべきだという気持ちも。

ただグラジオは、そんなことをしてもリリアの未来の妨《さまた》げにしかならないと感じているのだ。

「今更彼女の価値を村人が知って、それで軽薄に掌《てのひら》返しされてあの娘が心から喜べると思うか？」

「今までの苦しみの一部は晴れるはずだ」

「確かに一瞬救われた気持ちにはなるかもしれないな……でもこいつらはほとぼりが冷めればまた繰り返すぞ」

「そんなことはさせない」

「どうやって」

「村人全員に謝罪をさせた後、彼女をこの村から連れ出せばいい。ロザリエ様もそれを御望みだ」

「……それが簡単にできるとでも？」

そうグラジオは自らが拘束している中年男を見下ろす。

しきりに扉のほうに視線をやっているのは、ただ逃げようとしているだけではないだろう。

他の村人たちに事態を知らせて戦うつもりなのだ。

先代と比べて見劣りするがこの村には絶対に必要な癒《いや》し手を、外の人間に奪わせないように。

アドニスの言葉はこの中年男に、癒《いや》し手がこの村からいなくなる可能性を初めて植え付けた。

これはなかなか厄介なことである。

二人だけとは言っても歴戦の猛者《もさ》である護衛騎士だ。中年や老人ばかりの村人と戦って負けることはないだろう。

しかし彼らは確実にリリアを狙う。

リリアのこの村に対する愛着につけこんで、あるいは脅《おど》して残ると言わせるに違いないのだ。

そのことを赤毛の騎士はアドニスに言葉で説明した。

金色の騎士は今度こそ自己嫌悪の表情をその美貌に浮かべる。

「なるほど、俺は余計な情報を与えてしまったのか」

悔《く》いる言葉を口にするアドニスに、グラジオはわかったならいいと軽く肩を叩いた。

その様子を見ていた村人は何故か強気な表情だ。

グラジオはさして興味もなさそうに理由を聞いた。

「ハッ、つまりアンタらは今のことを俺から村の連中に言われたら困るんだろ？　俺が声をかければ村人全員で診療所を囲むことだってできるんだからな！」

そう得意げに語る相手にグラジオは「まあ、そうだな」と素直に頷いた。

「だったら俺に対して土下座して頼むなりするべきなんじゃなぐべっ⁉」

「……勘違いするなよ」

グラジオは服を踏みつけていた足を男の頭上に移動する。そのまま蹴り落とすと、中年男は床と濃厚な接吻《せっぷん》をした。

鼻の骨くらいは折れているかもしれない。

かすかに漂ってきた血の臭いに顔をしかめながら、赤毛の騎士は面倒そうに頭を掻《か》いた。

「今俺が悩んでいるのはお前に黙ってもらう方法じゃなく、どの方法で黙らすかなんだよ」

その声は、先ほどまでの人懐こいものではなく、背筋が寒くなるほど冷たい。

「それと病人が寝ているんだからあまり騒ぐな」

グラジオの言葉に男は言葉を発することなくぶるぶると震えた。

「どうするつもりだ」

グラジオの蛮行を目の当たりにして逆に落ち着いたのか、アドニスが冷静に問う。

顔を上げた村人は、案の定盛大に変形した鼻から血を流していた。

「折れた鼻を直すのは得意なのよ、俺」

指で掴んでこうぐいっとね。

そうジェスチャー付きで説明する赤毛の騎士に中年男が情けなく泣き声を上げる。

今まで癒《いや》し手の魔法に頼り切っていたのだ。痛みを伴う治療があることなど完全に忘れているのだろう。

それを抜きにしても折れた鼻の治療は大男でさえ涙を流すほどの激痛だ。

「リリアを、リリアを呼んでくれっ」

そう恥も外聞もなく乞《こ》う男を、二名の騎士は冷たい眼差しで見た。

「……やっぱり頼り切ってるんだよなあ」

呆れ交じりにグラジオは言う。

ここまで依存している相手をどうしてああまで見下せたのかと単純な疑問さえ湧いてくる。

「愚かな貴族と奴隷の関係のようだな」

相手が絶対に逃げ出さないと信じ切っているからこそ、依存しているのに傲慢《ごうまん》に振る舞える。

「……身分が逆だろ」

グラジオは苦笑する。

貴重な存在である癒《いや》し手は、本来下手な貴族よりもずっと地位が高い。

教会に属する癒《いや》し手であれば、司祭と同等の位を与えられる。

実際癒《いや》し手たちが貴族令嬢のように贅沢な暮らしをしているかは知らないが、村人と癒《いや》し手の命の価値の違いは明らかだった。

リリアもこのまま教会へ連れていき保護してもらえば、聖女として崇《あが》められるだろう。

間違っても萎《しな》びた野菜を口にすることなど二度となくなるはずだ。

「でもうちの姫様も絶対リリアちゃんのこと大事にするんだと思うんだよなー」

「阿呆、ロザリエ様を馬鹿な貴族と比較するな」

グラジオの独り言を誤解したアドニスが年上の同僚を叱る。

違う、そうではないと訂正しつつ赤毛の騎士は思案し即断した。

「よっし、ロザリエ様呼んでくっか」

このおっさんをこれからどうするかと、リリアちゃんをここからどう連れ出すかを決めてもらおう。

こういうことは下手に独断専行するより決定権を持つものに委《ゆだ》ねるに限る。

グラジオの突然の提案にアドニスは驚きもせず頷く。それがこの場では一番妥当だと理解しているからだ。

己の不手際で主を煩《わずら》わせてしまうことについては後できっちり謝罪すればいい。

赤毛の騎士の代わりに村人を拘束しながら、一言だけ彼に伝える。

「リリアはこの場に連れてこないほうがいい」

「ん？」

「……こんな下衆《げす》でも傷ついた姿を見たなら彼女は迷わず癒《いや》そうとするだろう」

金色の騎士の我儘《わがまま》ともいえる言葉に、グラジオはひらひらと手を振って了承を示した。

騎士たちから事情を聞いたロザリエは、顔を隠さずに村人と対面した。

中年の男は、彼女の顔を見て驚く。

「なんだこの気味悪いトカゲ女は？　魔物か？」

案の定、男はロザリエの外見に暴言を吐いた。

ロザリエの実家は伯爵家だ。平民が王家や貴族の人間を侮辱《ぶじょく》することは許されない。

魔物呼ばわりなどした日には切り捨てられても文句は言えない。

しかし事実としてロザリエは今人から離れた皮膚をしている。

だから容姿を理由に護衛騎士の任を解かれたことは受け入れているし、その後必死に治療方法を探して復職を目指しもした。

だから今も、男が純粋に目の前に現れた女を魔物だと信じ、恐れての言葉であったなら、ロザリエは咎《とが》めなかっただろう。

けれど、そうではない。

男にとってロザリエ一行は、村の癒《いや》し手を奪おうとする敵なのだ。

彼女の表情には怒りこそ浮かんでいなかったが、その瞳は冷徹な輝きを秘めていた。

「……これでこの男を処刑していい、正当な理由ができたわけだけれど」

容姿を罵《ののし》られたことに対しなんの感情も見せず、ロザリエは供の騎士たちを振り返り言う。

そして二人の騎士は複雑な表情でその発言を受けとめた。

自分たちがもっと上手く立ち回っていれば、主人がこんな罵倒をされることはなかったという悔恨。

そして場に登場した途端に難題の一つをあっさりと片付けた彼女の機転への尊敬。

そういった感情がないまぜになりながらもアドニスはロザリエに問う。

「癒《いや》し手殿は、しばらく眠りからは覚めないでしょうか」

「そうね、かなり疲れているみたいだから。……夜中に押しかけたなんて、申し訳ないことをしたわ」

わずかに表情を崩しロザリエは言う。

神経質で眠りの浅そうなリリアだったが、意外なほどあっさりと眠りに落ちた。

食事会での緊張とその後の嘔吐《おうと》でかなりの体力を使ったこともあるかもしれない。

けれど、それだけではない。普段からほとんどまともに眠れていなかったのだろう。

目を瞑《つむ》ることで余計に際立ったリリアの隈《くま》を思い出し、ロザリエは考える。

寝顔のあどけなさと裏腹に目の下は痛々しくくすんでおり、ろくな栄養も摂《と》れていいないのか唇も肌も随分と荒れていた。

そして気になったのはリリアの食事の仕方が随分と「慣れていない」様子だったことだ。

ナイフやフォークの使い方がおかしいというわけではない。むしろ田舎の村娘にしては随分としっかりしたテーブルマナーを心得ているように見えた。けれどその分手先のぎこちなさが目に付いたのだ。

まるで久しぶりにちゃんとした食事をする人間のようだ、と。

「でも、彼女をここから連れ出すことはその償《つぐな》いになると思うの。私は貴方《あなた》たちと違って恩には報いる人間だから。……そんなことを言ったら、恩着せがましいかしら」

ロザリエは絹のハンカチを取り出すと村人の鼻血を拭《ぬぐ》ってやる。

彼女が手にするそれは、この村の女が一生持つことができないような刺しゅう入りの上等なものだ。

それを所持しているどころか躊躇《ためら》いなく血で汚すことができるロザリエに対し、中年男はようやく相手の身分の高さに気づいたようだった。

服装や物腰からそのことに至れなかったのは、村人が彼女の異形化した部分にばかり意識を向けていたからだろう。

男の目に己に対する畏敬が宿ったのを察すると、ロザリエは静かに語りかけた。

「ここの村長は貴方《あなた》の命よりも私への媚《こび》を優先するでしょうね。この鼻の怪我も、それだけでなくこの後斬り捨ててしまったとしても、貴方《あなた》に侮辱《ぶじょく》されたからで終わるの」

「ヒッ、い、いやだ、どうして……」

「理不尽でしょう？　そう言いたい目をしている。でも立場の差ってこういうことなのよね」

ロザリエは男に笑いかける。

「貴方《あなた》たちだって彼女を無能な癒《いや》し手と見下して、散々いたぶってきたのでしょう？」

そう冷酷に告げるロザリエは、鱗《うろこ》化した美貌も相まって高貴な魔族のようだった。

「癒《いや》し手だけでなく、この診療所に保管された薬も価値のあるものばかりだわ。彼女にとっても大切な場所でしょうし。だから完全に連れ去ることはしない。そう思っていたけれど……」

リリアに対し酷い虐待が日常的に行われるような環境なら、そんな悠長なことを言っている事態ではない。

「癒《いや》し手の身柄について、村長へ直談判をしに行くわ」

そうロザリエは強く宣言した。

今の環境ではリリアは身も心も追い詰められ弱っていくばかりだ。

貴重な癒《いや》し手をこのようなことで衰弱死させるなどもってのほか。

多少強引だとしても、権力の乱用だと言われようとも己はリリアを保護する。

そう力強く語るロザリエに騎士たちは静かに頷く。

ただこの場でそれに納得できない者がいた。

「待ってくれよ、リリアを連れていかれるのは……困る」

この村には若者がほぼおらず、代わりに年寄りが多い。

そんな状況で癒《いや》し手が立ち去ればきっと死者が出る。

中年男は情に訴えるように、ロザリエたちに懇願《こんがん》した。

グラジオの暴力とロザリエの高貴さに萎縮《いしゅく》したのか、男には先ほどまでの傲慢《ごうまん》さはない。

けれどそれに容赦をする者もまた、この場には存在しなかった。

「そんなに大切な存在を酷使し、踏みにじっていたのは誰だ。それともお前以外の村人は彼女を大事にしているのか？」

アドニスが冷たい眼差しで男に問いかける。

男はそれに答えることができなかった。どのような回答をしても己が叱られることがわかっていたからだ。

「いなくなられたら困るってことには気づけたのに、これからは大切にする、とは言えないんだねえ」

グラジオの呆れたような声が横から挟まれる。

彼の言葉にハッとなり口を開いた中年男を出迎えたのは、アドニスの槍のような視線だった。

自分で思いつかなければ意味がない言葉だと、その青色の瞳が雄弁に告げている。

孤立無援の村人に対し、多少柔らかい声をかけたのはロザリエだった。

「……癒《いや》し手が去った後のこの村の医療についても、村長と話し合う予定です」

ただ当然ながら今まで受けられていたような治療を住民たちが施されることは二度とない。

そのことまでは告げず、彼女は話を打ち切ろうとした。

彼女はすぐにでも村長宅に向かいたいのだ。

供は騎士のどちらかだけでいいだろう。この場に一人置いておく必要がある。

部屋で眠るリリアの守護と、この村人の見張り役としてだ。

念のため、大声で騒がれないような「処置」は必要になる。猿轡《さるぐつわ》を噛ませるか、それとも気を失わせるか。

ロザリエの視線に恐怖を感じたのか、男の村人は急に必死な様子になった。

「ま、待ってくれ。殺さないでくれ！　頼む、なんでも話す‼」

「……は？」

突如命乞《ご》いを始めた男に三人とも目を丸くする。

驚きから素早く立ち直ったグラジオが彼を気絶させようと拳を握りしめた。

その行為に更に恐怖を感じたのか、中年男の声が必死さを帯《お》びる。

「き、聞いてくれ。絶対に村長はリリアを手放したりしない！　俺は理由を知っているんだ、話すから助けてくれ！」

村長は先代の癒《いや》し手を心から憎んでいるんだ！

そう大声で男が叫んだとほぼ同時に、奥に続く扉の向こうで、何かが落ちる音がした。

◆◆◆

異変に気づいたアドニスが素早くドアを開ける。

そこには青を通り越して白い顔色をしたリリアが目を見開いて立っていた。

ロザリエが彼女にかけてやったケープが、その足元に落ちている。

聞かれてしまったか、そう言いたげにアドニスの唇が歪《ゆが》む。

この中で喜びを露《あら》わにしたのは村の男ただ一人だった。

「リリア、今すぐこっちに来い！　俺の鼻を治してくれ！」

慣れた命令に癒《いや》し手の肩がぴくりと震える。

けれどリリアは男の言いなりにならず立ち尽くしていた。

何をやっていると怒鳴ろうとした男をグラジオが睨《にら》みつけて黙らせる。

アドニスとはまた別種の凄みが、赤毛の騎士の真顔にはあった。

金色の騎士の意識は鼻を折られた男ではなく、蒼白な癒《いや》し手に集中している。

ロザリエも物言いたげな目をして、それでも言葉を発さずリリアを見ていた。

幽霊のように儚《はかな》い姿をしていたが、彼女の目には二人が初めて見る炎が宿っていた。

「わ、わた、わたし、眠りが、ずっと浅くて、眠っていても、怒られる夢を見て、それで」

今も村人に怒られる夢を見て目が覚めたのだ。そうリリアは言う。

現実の村人の声が悪夢の引き金になった可能性は充分に考えられる。

アドニスは中年男を改めて睨《にら》んだ。

「それで、起きて、誰もいなかったから、こちらに来ようとしたら、こ、声が」

「……私たちの話していることが、聞こえたのね」

「は、はい。ごめんなさい。申し訳ありません。勝手に、聞いてしまって……」

「謝らなくていいわ。この場所で話をしていたら貴女《あなた》の耳に入るのは当然のことです」

リリアの過剰な謝罪をロザリエはあっさりと不要だと言い放った。

実際大して広くもない住宅内で、このようなやり取りをしていれば考えられることだ。

非があるとすればリリアの足音に気を配らなかったロザリエや騎士たちの側だろう。

「わ、わたし、本当は部屋に戻ろうと、思いました。ごめんなさい」

「いいのよ。聞かれて困ることではないし、ましてや貴女《あなた》が気に病《や》むことでは全くないから」

「違うんです、私、このまま黙って知らないふりをしていたら、寝ている間に全部上手くいくんじゃないかって……」

この村から連れ出してもらえるんじゃないかって、期待したんです。

そう泣き出しそうな顔をしてリリアは告白する。

まるで大罪を告白するような様子に、ロザリエたちの胸が締め付けられる。

「き、気づいちゃったんです。私、私、この村にいたくない……！　この村の人たちがおかしいなら、この村から出ていきたい……!!」

彼女がこんなに強い意志を示す姿を、ロザリエは初めて目の当たりにした。

「だから、連れていってください……！」

そう顔を覆《おお》いながら懇願《こんがん》するリリアを迷いなくロザリエは胸に抱く。

「連れていくわ。当然でしょう。貴女《あなた》がちゃんと笑える場所に、私は貴女《あなた》を連れていく」

その姿を見たアドニスは、無意識に伸ばしかけた手をさりげなく自らの胸元に引き寄せる。

癒《いや》し手を抱くロザリエの顔は、石と鱗《うろこ》に覆《おお》われながらも女神のように神々しかった。

けれどそんなリリアを許さない者がいた。

「お前がこの村から出たら、村長はこの家を焼くぜ。エルシアさんの家をよ？　……それでもいいのかリリア!!」

村長は先代の癒《いや》し手に深い憎しみを抱いているんだからな、そう男は再び告げた。

「なんて無法なことを……!!」

強い憤《いきどお》りの声を上げたのはロザリエだった。

けれど肝心のリリアはその脅《おど》しに反応しない。

怯《おび》え震えることも、止めてくれと縋《すが》ることもせず、ただ「懐かしい」とだけ呟いた。

彼女の唇から漏れる、どこか場違いな気さえするその言葉に思わずアドニスが繰り返す。

「懐かしい……？」

「ええ、懐かしいです」

奇妙に明るい目をして、虐待され続けてきた癒《いや》し手は言う。

「昔、私は今よりももっと治癒魔法が下手で、それを村の人から厳しく言われ続けて、辛くて逃げてしまおうかと思った時がありました、だけど……」

一度言葉を切って、小さく息を吐く。

「その時に村長直々に言われたんです」

リリアは語り出した。

身寄りのない君はここ以外どこにも行けない。

もしこの村を捨てるなら、けじめとしてこの家を焼かなければいけない。

村人は君もエルシアもこの村に砂をかけて出ていった薄情者だと語り継いでいくだろう。

もしエルシアが戻ってきた時は弟子が逃げた責任を負ってもらう。

淡々と言われた言葉は、リリアのこの村から逃げようとする気持ちを、誰かに縋《すが》りたいと願う心を完全に凍てつかせた。その日の晩リリアは手首を切った。

それから村長であるヴェイドが比較的優しくなったのはリリアを脅《おど》しすぎたと思った

からだろう。

思い出した。言い過ぎたと謝る今よりは若い村長の顔を。自殺未遂をしたことは決して口外しないように言われたことも。

彼もまた、他の村人に責められるのが怖かったのだ。

言わないまま、言う機会もないまま忘れてしまっていた。忘れなければ死んでしまいそうだった。

生きていればエルシアと再会できるかもしれないという希望を捨ててしまいそうだった。

「……逃げられるはずがなかったんです。だから逃げられないなら怒られないようにって必死に頑張っていたけれど」

それさえも叶《かな》わなかったから使えない癒《いや》し手だと罵《ののし》られ奉仕する日常を受け入れて生きていくしかなかった。

だってこの村にはリリアの味方など誰一人いなかったのだから。

「ロザリエ様」

リリアはこの場にいるもう一人の女性の名を呼ぶ。

「貴女《あなた》がどのような方でも心よりお仕えいたします。私たちの家を、守ってくださいませんか」

「お安い御用よ」

ロザリエは美しく笑った。

「私の大切な癒《いや》し手の頼みですもの」

あっさりと返された承諾は、決して軽率なものではない。

そうは見えないかもしれないが、リリアが唐突に差し出した誓いにロザリエは一瞬慌て、しかしすぐに渾身《こんしん》の力で掴み取ったのだ。

麗《うるわ》しい表情を浮かべる女主人の内面の驚喜を、二人の騎士は正しく読み取っていた。

「つーことで、村長とやらはこの家を焼けません。自分の尻に火でも点けてろボケって言っとけ」

おどけた表情でグラジオはリリアを怒鳴りつけた中年男を煽《あお》った。

自分もこの村人も権力者の威を借りて得意げになっているところは案外似た者同士なのかもしれない。

一瞬そんな冷めた考えが頭に浮かんだが、そもそもロザリエと若い娘を虐待している村長を同列に扱うのが間違いだ。

折れた鼻が痛むのか、それとも自分がちっとも優勢な立場になれない苛立《いらだ》ちか男は顔を歪《ゆが》めた。

「……っ、おい、なら村長が何故先代癒《いや》し手を憎んでいるか知りたくないのかよ‼」

「絶対くだらない逆恨《さかうら》みに決まってるだろうから聞く耳が腐りそう……だけど」

グラジオはリリアの目を見て問う。

「リリアちゃんは知りたいか？」

黒髪の癒《いや》し手は覚悟を秘めて静かに頷いた。

おそらく扉の向こうで彼女が己を主張した理由はこれなのだ。

男のこの発言さえなければ彼女は気配を消して寝室に戻っていたのだろう。

「じゃあ、本人から聞きだしますか。いいっすよねロザリエ様」

「え……？」

「そうね。情報というのは人を介するほど正しさから離れていくものだし」

「お、おい！　俺は嘘は……」

戸惑うリリアと慌てる村人をよそに赤毛の騎士とその女主人は話を進めていく。

「このおっさん転がして、全員で殴り込みかけてもいいと思うっすけど」

「その隙に家に火をかけられたらたまったものではないわ」

「それじゃ、やっぱり向こうを呼びつけますか」

「そうね、それが一番シンプルだわ」

話がまとまったのかロザリエはくるりと振り向いた。

そして背筋を正し、明瞭な声で告げる。

途端に彼女の纏《まと》う空気が変わる。凛《りん》とした華やかさから、苛烈なまでに咲き誇る大輪へ。

「不滅の薔薇騎士団長ロザリエ・ルクスが命じます。騎士アドニスよ、この村の長をこの場に連行しなさい」

「ハッ」

金色の騎士は完璧な作法でその命令を拝領した。

第三章　氷の騎士の怒り

人払いされた村長宅の応接室。

出された飲み物に手をつけるどころか勧められた椅子にすら腰掛けず、金色の騎士は男と対峙していた。

赤毛の騎士と違いアドニスは腹芸を得意とはしない。

そしてロザリエからは村長であるこのヴェイドという男を癒《いや》し手のもとまで連行するよう命を受けている。

先ほど聞かされたばかりの、村長がリリアに対して言い放ったという脅《おど》しの数々がいまだにアドニスの耳にこびりついている。

その端整な顔は怒りに歪《ゆが》むことこそなかったが、切れ長の瞳の放つ輝きは鋭《するど》く、そして凍てつくようだった。

実際村長の家の使用人はアドニスの剣幕に大層怯《おび》えているようだった。

けれど金色の騎士の怒りの矛先であるヴェイド自身は、ことさらに余裕ぶることも震えることもしなかった。

正直、診療所で喚《わめ》いていた愚かな村人と同類だろうと思い込んでいたアドニスにとってその胆力は予想外だった。

だが、だからこそ内心で警鐘が鳴る。動じない悪人ほど厄介なものはない。

何故ならそういった輩《やから》は大抵「壊れている」からだ。そして何かしらの隠し玉を持っている。

警戒するに越したことはない。

「貴族の令嬢と伺っておりましたが、まさか魔物狩りの騎士団長様でいらっしゃるとは……最初から素直に仰《おっしゃ》っていただければよかったのに」

村長の嘲《あざけ》るような言葉に上手い皮肉を返すことはできなかったが、アドニスはどこかほっとした。

この落ち着きで更に善人のような物言いをしたら、むしろ困惑していたところだ。

「どちらも事実だ。貴族という立場も決して偽りではない」

「ではあのお姫様が今更騎士の身分を名乗りたくなった理由を伺っても？」

「それは本人から聞くといい」

先ほどからヴェイドは一人だけワインをゴクゴクと何杯も飲み干している。

手酌《てじゃく》ではあるが、正式に騎士を名乗ったアドニスを前にして、まるで主君を気取るかのような不遜《ふそん》さだった。

これから己がリリアに対して行った悪行を裁かれることを予感し、景気付けのつもりなのかもしれない。

今のところそこまで酔った様子はないが、飲みすぎて泥酔されても困る。

これ以上杯を重ねるのをアドニスが止めようとした時、彼はグラスを床に落とした。

けれど毛足の長い絨毯《じゅうたん》のため、幸運にも割れた音はしない。

「あの癒《いや》し手が欲しくなったのでしょう。騎士団なら怪我など日常茶飯事でしょうからね」

そう見透かしたように口にすると、ヴェイドは椅子からスッと立ち上がった。

「もう用済みですからお譲りしますが、連れていけば苦労しますよ」

そのまま嘲《あざけ》るように続ける。

「そして連れていったことを後悔するでしょう。何せ癒《いや》し手なんてのは、化け物ですから」

そう薄ら笑いを浮かべながら村長は、落ちたグラスを自らの靴で踏み割った。

「……待て」

哀れなグラスが踏みにじられる音が静まる前に、金色の騎士は声を放った。

どちらかといえば女性的な美貌に似つかわしくない、地を這《は》うような声だった。

村長は動きを止め、アドニスを見る。

そしてその瞳に怒りの炎を宿す騎士を、理解できないものを見るような目で眺めた。

「化け物という言葉を取り消せ」

アドニスの言葉に何故とヴェイドは首を傾げる。

「それは癒《いや》し手という希少職に対する敬意ですか？」

「違う」

アドニスは冷静に告げる。

「お前が嘲笑したのは癒《いや》し手ではない」

冷ややかな表情に反して、氷色の炎は相変わらず燃え盛ったままだ。

「村長。お前は、通常の癒《いや》し手の技量を知っているな?」

「ええ、三十年ほど前に妻と王都へ行きましてね。広場で人混みに辟易《へきえき》しながら、聖女の『奇跡』とやらを眺めました」

村長は冷めた声で更に言葉を続ける。

「あれが奇跡だというのなら、この村にいた癒《いや》し手はもう化け物と呼ぶしかないでしょう」

「貴様……!」

「誤解しないでください。リリアのことではありませんよ」

あれはまだ人間らしい。そう一瞬だけ優しげな目をして男は否定する。

「ならば、化け物とは誰のことだ」

「……王都で見た教会の癒《いや》し手様は、小さな掠《かす》り傷を随分と長い時間をかけて治していらした。民衆はその光景をいたくもてはやしていました。教会の人間たちは奇跡だと自慢げに誇っていましたよ。……当時は私も妻も、彼らに同調し感動したものです」

そう懐かしそうにヴェイドは語る。

けれどすぐにその眼差しは底冷えのするものに変わった。

「しかし、だとしたらエルシアのあの力はなんなのだ……！」

おかしいだろう。先ほどまでの様子が嘘のように声を荒らげる。

一体なんの話だと口に出す前に、アドニスはそれがリリアの師匠のことであると思い当たる。

先ほど診療所に監禁した男が言っていた。撫《な》でるだけで骨折を癒《いや》せる癒《いや》し手が過去にいたのだと。

「癒《いや》し手の能力は確かに魅力的だ。こんな辺鄙《へんぴ》な村なら特に。だが限度がある」

男はカッと目を見開いて言った。

「あの女は間もなく息絶えるはずだった息子を、いとも容易《たやす》く全快させたのだ！」

そう恐ろしげに言う村長の感情に共感できず、アドニスは困惑し眉根を寄せた。

「死ぬところを救われたのだからいいだろう。そう言いたげな目をしておられますね？

私も当初はそう思い込もうとしました」

けれどどうしてもできなかった。そう疲れたような声で呟き村長は俯《うつむ》いた。

「私はその現場にいたのです。手足だけでなく首が折れ曲がり、呼吸さえろくにできず私を見上げる息子の目を、見ていた」

あと数回呼吸をすればその目は絶望と共に濁《にご》るだろう。

自分の息子は今ここで死ぬのだ。

そう己も絶望に抱かれながら、ヴェイドは我が子の喪失を受け入れていた。

けれどそこに一人の女が現れたのだ。

「もう大丈夫だと笑って、彼女は息子の首に触れ、頭に触れ、手足に触れました」

それだけであっさりと少年の体から死の気配は拭《ぬぐ》い去られた。すぐに立ち上がって、駆け出すことができるくらいに。

今踏みにじったグラスのように壊れた息子の体は、完全に元通りになった。

「当時村長だった父も妻も大喜びして彼女に心から感謝していました。そしてこの村の住人になることを提案した。私もあの現場を目の当たりにしていなければそうしていたでしょう」

でもできなかった。

死を迎える直前だった息子の折れ曲がった体が、目に焼き付いて離れなかったのだ。

傷が癒える過程すら見せず、まるで時間が巻き戻ったように無傷の肉体に戻った我が子。

チェンジリングという言葉を思い出したとヴェイドは笑った。

チェンジリング、それは妖精が人間の子供を攫《さら》い別の子供と取り換えるという御伽《おとぎ》噺《ばなし》だ。

「私は彼女が癒《いや》した息子を我が子だとは思えなくなっていた。まるでエルシアが死にかけた息子を別人と挿《す》げ替えたとしか思えなくなってしまったのです」

貴方《あなた》には理解できないでしょう。

そう疲れたように言う父親を前に、アドニスは無言で立ち尽くした。

行きすぎた力は恐れを生む。

冷静に考えればそれは充分に有り得ることだった。

死んだも同然の人間を容易《たやす》く蘇生させることができる癒《いや》し手。

もしそんなものが戦の最中に敵の陣営にいたなら、アドニスは迷わず化け物と呼んだだろう。

ただ――アドニスは理解に苦しむ。

ヴェイドは息子の命を助けられた側なのだ。それが何故、恩人たる癒《いや》し手をそうまで恐れるのか。

「わからないでしょう？　私にだってわからない。けれどその日以降息子を息子と思えなくなったのは事実だ。だからそばに置いておきたくなくて、ある程度の年齢になったら街へ行かせた」

そう村長は語るが、それでもアドニスは理解できなかった。

「ならば何故エルシアと……そしてリリアをこの村に留めた？」

この村で一番の権限を持つだろう男に問いかける。

「父が……当時の村長が存命の時は彼の命令でしたよ。彼自身、エルシアに依存しきっていましたから」

充分に生き、年老いた身でなお死にたくないと縋《すが》りながら息を引き取るぐらいに。

そう軽蔑する笑みを浮かべながらヴェイドは言う。

「あのような情けない父の姿を私は見たくなかった……！」

「それさえも癒《いや》し手が元凶だと思っているのか」

アドニスの冷たい言葉に、彼と親子ほども違う年齢の男は叱られた子供のような顔をした。

その有様に、金色の騎士は静かな侮蔑《ぶべつ》を瞳に宿す。

彼の父が亡くなってどれぐらい経つのか明確ではないが、先代の癒《いや》し手に縋《すが》って亡くなったというのならだいぶ前の出来事だろう。

前村長の死とエルシアの失踪《しっそう》の間に、どれだけの期間があったのだろう。

もし、そこまで日数に隔《へだ》たりがなかったのなら――

「……もしや父君が亡くなられた後、今までの腹いせで先代の癒《いや》し手を」

「まさか！　そんなことをして癒《いや》し手を失えば自分が村人に嬲《なぶ》り殺される」

そう真面目な顔で村長は語った。

それから口元に冷たい笑みを浮かべる。

「それに人間が殺そうとして殺せる化け物ではないでしょう」

「何故そんなことがわかる」

「十年前、エルシアが熊を殺す姿を目撃しました。村の男ども数人が武器を持っても全く敵わなかった大物です。犠牲だって出た。私も殺されかけましたよ。それを……」

男はどこか焦点の合わない目で続ける。

「私の妻を殺した怨敵《おんてき》の命を、あの癒《いや》し手はあっさりと奪って見せたのです」

そう震えながら語る男の瞳には名状しがたい狂気が宿っていた。

妻の仇《かたき》を討《う》ってくれた上に己の命まで救った相手について話す表情ではない。

それがやはりアドニスには理解できなかった。

診療所で聞いた村人の言葉通り、村長が先代の癒《いや》し手に対して強い負の感情を抱いていることはわかった。

だがこれは果たして男の言った通り憎しみなのだろうか。

アドニスが観察した限りでは、どちらかというと恐怖とそれに伴う嫌悪を強く感じる。

それとも今聞かされたもの以外にまだ隠しているものがあるのだろうか。

失踪《しっそう》したエルシアに対してだけでなく、現在村で冷遇されているリリアに繋がる何かが。

「奥方の命を救えなかったエルシア殿を、許せなかったのか？」

おそらくそれは違うだろうと思いながらアドニスは口にする。

予想通りヴェイドは首を振って否定した。

どんな傷も瞬時に治すという癒《いや》し手だ。その彼女にも救えなかったのなら、それは癒《いや》し手としての技量が足りなかったからではなく、村長の妻は既に手遅れだったのだろう。

そのことがわからないほど愚かではない。アドニスにはそう思えた。

「当時現場にいた一部の村人も勘違いしていますがね」

そう続けて口にした村長にアドニスは内心ひやりとした。

診療所に村人を監禁していることはまだ告げていない。

この場で下手に警戒されては面倒だと判断したからだった。

「確かにその悲劇があった数日後にエルシアは失踪《しっそう》しました」

「ならば、その失踪《しっそう》の理由は」

「わかりません。ただ彼女ならその気になれば、一切の痕跡を残さず姿を消すことなど造作もないでしょう。エルシアにできないことなどないでしょうから」

そう当たり前のように言う村長にアドニスは眉を顰《ひそ》めた。

それは買い被りというものではないだろうか。確かに話に聞いているだけで先代の癒《いや》し手のすごさはわかる。

しかしヴェイドの言い分は、剣の達人なら弓や槍の扱いだって優れているだろうと言うようなものだ。

いや、むしろ攻撃魔法だって使えて当たり前だと言っているような乱暴さかもしれない。

どれだけ有能な癒《いや》し手であっても、全てにおいて万能であるはずがない。

ヴェイドは強すぎる畏怖《いふ》の結果、逆にエルシアの力を盲信しているのかもしれなかった。

「彼女が己の意志で消えたなら、何故リリアを残した」

まだ少しの付き合いしかなくても、あの臆病な癒《いや》し手が先代の癒《いや》し手を慕っているのはアドニスには強く理解できた。

一緒に暮らし、そこまで慕われるほど可愛がっていた相手を、理由も言わず置いて消える理由とはなんなのだ。

「それは本当にわかりません。……ただ、エルシアは追われていたのかもしれませんね」

エルシアはあれほどの治癒能力がありながら聖女として教会に囲われることもなく旅をしていたという。

逆に言えばそれは組織に属せない理由があったか、属したくない理由があったのかだ。

しかしどちらにせよ村にとってなくてはならない人間であることは確かである。

恩人であり貴重な癒《いや》し手である彼女を追い出すなどあってはならない。

生前の父親とそういう話をしたことがあるとヴェイドは語った。

貴重な癒《いや》し手という言葉にアドニスは反応する。

「村長、貴様は教会の癒《いや》し手の能力とその待遇を知っていたはずだ。ならば何故、それ以上の癒《いや》し手であるリリアにあんな苦しみを強《し》いている？　村人から無能と蔑《さげす》まれる彼女を、何故庇護《ひご》しようとしない！」

騎士の弾劾に対し、村長のヴェイドは愚かな子供を見るような眼差しを返した。

「私はあの娘を悲劇から救ってあげているのですよ」

「悲劇？」

まるで役者のように大仰な口振りで村長は語る。

それはリリアの衰弱具合を知るアドニスには到底納得できる答えではなかった。

「彼女のどこが救われているというんだ！　世迷言《よまいごと》は大概にしろ」

「貴方《あなた》がそうやって彼女に同情している。それこそが私の仕向けたことだと言ったなら……？」

「何？」

「あの娘は随分と庇護《ひご》欲をそそるでしょう。親とはぐれた子ヤギのように」

先代の癒《いや》し手とは違って。

そう続けるヴェイドの瞳は、傲慢《ごうまん》な支配欲に歪《ゆが》んでいた。

「そうそう、話は戻りますが私はエルシアを憎んでいたことは確かにある。だがそれは過去の話です。あれは、悲しい誤解だったのです」

一方的に話し続ける相手にアドニスは苛立《いらだ》ちと不気味さを感じた。

まるで何かに取り憑《つ》かれたかのように、村長は面識などほぼない騎士に自らのことを話し続ける。

「私は彼女の凄まじい治癒能力を恐れ、それによって死の淵《ふち》から戻ってきた我が子を疎《うと》み、遠くへ追いやりました」

その話は先ほど聞いたばかりだ。そして何度も聞きたくない内容でもある。

深く掘り下げれば理解できる部分もあるだろうが、アドニスはその話から村長の愚かさばかりを強く感じて不快だった。

そしてヴェイドの話が進むにつれて、この男に対する不愉快さは増していく。

「だが私がそのような誤解をしたのは彼女が人間離れしすぎていたからです。エルシアはあまりにも簡単に奇跡を起こしすぎた」

「その癒《いや》しの力に村全体で依存しながら、よくそんな無作法で図々しい意見を口にできたものだな」

「感謝はしておりますよ。息子共々命を救われたのですから。けれど、だからこそ悲劇を繰り返してはならない」

村長は再度「悲劇」と口にする。

この男は随分と多くのことを話しているはずなのに、肝心なことは見えてこない。

アドニスは思った。

それは意図せずそこだけを省いているからだ。ヴェイドは話したくない部分を端折《はしょ》って語っている。

「リリアには健気で儚《はかな》げな癒《いや》し手になってほしかった。あの化け物のようなエルシアと違ってね。多少頼りないと思われるほうが誤解されずに済むでしょう。私がエルシアを恐れたように、リリアが村人たちに恐れられることのないよう、気を遣ってやったんですよ」

「やはり村の人間が彼女に辛く当たるよう仕向けていたのは貴様か」

「まさか、そんなことはしていません。ただ私はリリアを信じるよう村人たちに伝えただけです」

「信じる？」

「ええ、彼女はやる気にさえなればいずれエルシアと同等の癒《いや》し手になれるだろうと、ね」

言葉を告げ終わる前に村長の頬は騎士の拳に歪《ゆが》んだ。

本気でふるったわけではない。けれど軽くしたつもりもない打撃はヴェイドの体を軽々と床へ叩きつける。

鼻と口から血を流しながらも男の瞳に怒りはなかった。

「……貴様。できないとわかっていて、村人どもを扇動して彼女を追い詰めさせたのか」

過度な期待は時間の経過と共に失望に変わり、期待に応えない相手への攻撃性に変わったのだろう。その責めを一身に受けた癒《いや》し手は。

過小評価され続け、敵わない存在と比較され、それでも努力することを強いられ続けた娘は。

「何が儚《はかな》げだ！　あの娘はもう少しでこの世から消えてもおかしくないほど追い詰められていたんだぞ!!」

「私は一言も努力が足りないなんて言った覚えはないし、リリアを無能と蔑《さげす》んだこともないんですがね」

男は蔑《さげす》むように笑った。

「村人どもが予想以上に愚かだったのですよ」

そう呆れたように言う村長の無責任さに、アドニスは再度拳で返答した。

◆◆◆

アドニスを村長宅へ向かわせた後、診療所の待機組であるロザリエたちは村人の処遇について話し合っていた。

処遇と言っても、ロザリエにもグラジオにも決して相手の命を奪うつもりはない。

しかし先ほどグラジオに思い切り殴りつけられたせいか男は過度に怯《おび》えていた。

「な、なんでも話すから俺の命は助けてください!!」

大人しくしていればいいものの、村人はこの中で一番の権力者と思われるロザリエに情報と媚《こび》を売る作戦に出たらしい。

そして彼が口にした情報というのは村長とエルシアの因縁《いんねん》だった。

「亡くなった奥さんが死んだのはエルシアさんのせいだって、村長はそう思ってるんですよ。だから村長は、エルシアさんを恨《うら》んでるんだ。エルシアさんが奥さんの命を救えなかったから」

「奥方の命を、先代の癒《いや》し手が？」

「へ、へえ。そうです姫さん。あの時の村長の取り乱しようはおかしくなったとしか言いようがなかった」

「……懲《こ》りないねぇ、アンタも」

喋り続ける男を、グラジオは呆れながら黙らせようとした。

しかし止めたのは意外なことにロザリエだった。

「……村長から直接事情を聞けば、こちらの方に聞く必要はないと思っていたけれど、よく考えれば村長が真実を語るとは限らないわね」

「だけどこいつだって適当なことを言う可能性ありまくりっすよ」

「グラジオ、一番厄介なのは大真面目におかしな主張をしてくる輩《やから》よ」

保身で嘘を並べるような人間なら、拷問にかけでもすれば『事実』を語る。

けれど常人とは異なる視点や思考で周囲を捉えている人間の語る『真実』を解読するのは困難極まる。

「アドニスの戻りが随分と遅いし、私、あの村長は一癖あるタイプだと思うの」

「姫様の勘が当たるのは知っているけど、だったらさっさと俺たちも合流しましょうよ。あいつ素直だから下手すりゃ暴走しますよ？」

「その前に村長の情報を少しでも頭に入れておきたいのよ」

急かす赤毛の騎士に対し、ロザリエはそう答えた。

自分の存在に価値を見出されたと思ったのだろう、村人はここぞとばかりに縋《すが》るような目で彼女を見上げる。

その目に欲望が宿ったのは、ロザリエの背に隠され守られている癒《いや》し手の姿を捉えたからだ。

「村長……ヴェイドの野郎についてはいくらでもお話ししやす。けど、その前に……あいつに鼻を治すよう仰《おっしゃ》ってくれませんかねえ？」

このままだと喋り辛くて。

そう図々しく言い出した男の頼みをロザリエは笑顔で却下した。

「手当を望むというならグラジオにさせます」

ロザリエの提案に中年男はあからさまに嫌な顔をする。

この赤毛の騎士が村人に怪我を負わせた張本人なのだから当然の反応だ。

「い、嫌だ。絶対痛くするだろ！」

今にも泣きべそをかきそうな情けない様子にグラジオが自らの首をポリポリと掻《か》く。

「痛くするって言ったたってねぇ……」

そのつもりがなくても痛みが生じるのが骨折の治療というものだ。

それに、グラジオがなるべく痛みを抑えるように気遣《きづか》った手当をしたとしても、この男は不満を言うだろう。

今まで長きにわたり癒《いや》し手の治療を受け続けていたのだから。

治癒魔法による治癒は、医師が行う物理的な治療と違い、対象に全く痛みを与えない……むしろ心地よささえ感じさせるものなのだという。

そのため貴族や王族など金のある者は、些細な怪我でも魔法による治療を望む者が多いのだ。

この村の人々がリリアを頼り続けたのも、ただ治癒だけでなくそうした快楽を求めてのことという側面は間違いなくあっただろう。

「でもリリアちゃんはこの村からいなくなるんだから、慣れておかないと」

ただの村人である彼が今後リリアのような一流の癒《いや》し手による治療を受ける機会など、もう一生ない。

グラジオが冷静に告げると男はますます絶望した表情を浮かべた。

「うう……なんでこうなったんだよ」

「え？　アンタが言う？」

悲しげに呟く男に、呆れよりも驚きで赤毛の騎士は突っ込んだ。

ロザリエに至っては完全に無表情だ。この男の愚かさに感情を動かす価値はないと判断したのだろう。

しかし彼女の陰に隠れていた黒髪の癒《いや》し手は、その庇護《ひご》から少しだけ外れるようにして前に出てきた。

現金なことに、先ほどまでしょぼくれていた男の顔が輝く。リリアなら己を癒《いや》してくれると信じ切っているのだ。

「あ、あの……」

「おう、やっぱりリリアは優しいなあ!!　早速頼むぜ!!」

「そうで、なくて、先ほどの話の続きを……」

頼りなげなリリアの言葉を聞いた男は、信じられないという顔をする。

「まず、全部話し終えてください」

俯《うつむ》きがちにたどたどしくリリアは男に告げた。

その様子は臆病な小動物のようだったが、瞳には今までなかった強い感情がある。

「先生……エルシアと村長のこと、知っていること、全部話してください。……治療は、その後です」

先代の癒《いや》し手と村長の間に何があったのか。

どうしてこんな風になってしまったのか。

全部話してください、とリリアは告げた。

声こそ弱々しく途切れ途切れだったがそれは、リリアが数年ぶりに他人に命令を下した瞬間だった。

◆◆◆

村人の男は、エルシアと村長の軋轢《あつれき》について知りうる限りのことを話し始めた。

きっかけは、村を襲ったとある悲劇だったという。

十年前のある日、村長の妻を含む村の女たちが裏の山へ山菜取りに行った。

数時間後、その中の数人が大怪我を負い下山してきた。熊に襲われたのだという。

話を聞いた村長と村の男たちは武器を手に山へ向かった。

しかし熊は一匹ではなく、返り討《う》ちにあった。

このまま全滅するかと思われたところにエルシアが駆け付けたのだ。そしてたった一人で熊を倒してくれた。

そのおかげで村長たちの命は助かった、ということだった。

ここまで黙って聞いていたグラジオは首を傾げながら男に尋ねる。

「……でも村長がエルシアさんとやらを恨《うら》む理由は？」

そんなものどこにもないじゃないか。そう言外に語る赤毛の騎士を、中年男はせっかちだと窘《たしな》める。

どう考えても男はわざとその部分を外して話している。

それが自分の村で起きた大層な事件を面白おかしく語ろうとしているように思え、グラジオは男の不謹慎さに内心舌打ちをした。

「……そのことは私も覚えています。亡くなられた方もいらっしゃいましたから。……

その中には、村長の奥様もいらっしゃいました」

淡々とした声でリリアが補足する。

ロザリエはその言葉に納得したように頷き、もったいぶっていた中年男は忌々《いまいま》しげな目でリリアを睨《にら》んだ。

「つまり、凄腕の癒《いや》し手だったのに自分の妻を救えなかったから許せないって感じ……なのか？」

「まあ、そういうことだろうな」

「配偶者が亡くなったなら、治療に当たった方を責めてしまうのは仕方がないのかもしれないわね」

でもそれは所詮逆恨《さかうら》みにすぎない。ロザリエの言葉に意外なことに村人も同意した。

「そもそもヴェイドは癒《いや》し手の魔法を嫌っていて、嫁さんにも癒《いや》し手には頼るなと命令していたんでさ」

生前村長の妻が陰でよく女連中に愚痴っていたと男は語る。

「それで先代の村長と衝突していて、一人息子じゃなかったら村から追い出されてもおかしくないぐらい関係は険悪だった」

「追い出すって、自分の子供をか？」

「その頃ヴェイドにはもう息子がいたからな。エルシアに命を救ってもらった子が。酒の席とはいえ一足飛びに跡を継がせるかという話も出ていたぐらいだ」

ただそれを察したのかヴェイドは息子を街へ送ってしまったのだと男は馬鹿にしたように笑う。

「結局先代の村長が亡くなって、なし崩しにヴェイドが村長になった。だが村の誰にも信用なんてされなかったね」

むしろ村の代表にはエルシアのほうが相応《ふさわ》しいという声が大きかった。当時を懐かしむように男は顎《あご》をさする。

ロザリエはちらりとリリアを見たが、彼女も初耳だったのだろう。驚いた表情を浮かべていた。

「挙句エルシアを逆恨《さかうら》みして、あの日は熊退治の後始末もろくにせずに何故妻を助けなかったと泣き喚《わめ》いて、大騒ぎだよ。……自分も癒《いや》し手の力で命を救ってもらったくせに」

現村長の過去について、敬意の欠片《かけら》もなく語る男へロザリエが問いかける。

「つまり、今の村長も先代の癒《いや》し手の治療を受けたということかしら？　先ほどは、村長は治癒魔法を嫌がっていたと聞いたけれど」

そう質問する彼女に中年男は答える。

「あんときゃあいつも熊に半分食われかけていて、嫌がる気力も体力もなかったからな」

自分の妻を咥《くわ》えて逃げた熊を追って、迎撃されたのだろう。そう男は言う。

「息をしてさえいれば癒《いや》し手様はどんな状態の人間でも蘇生させた……俺の嫁は手遅れだったが」

山を登る途中に点々と転がる亡骸《なきがら》と重傷者をエルシアと共に見たのだと男は遠い目をした。

「俺はしばらく嫁のところにいたから、その後山を登っていったエルシアさんとヴェイドに何があったかは知らん。だが、おそらく村長の妻も、エルシアさんが間に合う前に息を引き取ったんだろう。俺が追い付いた時に見たのは、ヴェイドがすげえ剣幕でエルシアさんを責めてる姿だ」

エルシアはまるで羽が生《は》えたような身軽さで山を登っていったが、そこら中に倒れる怪我人を治療しながらだった。間に合わなかったのは、仕方がなかったのだ。

男は語り続ける。

「だから俺たちはヴェイドに言ったよ。怪我人全員見殺しにしてお前の奥方を助けてもらってたら満足するのかってな」

奴は青褪《あおざ》めた顔をして「違う」と繰り返し続けた。村人たちを止めたのは、同じように青い顔をした癒《いや》し手だった。

村の救世主である彼女に窘《たしな》められては、それ以上ヴェイドを責め続けることはできない。

しかしその事件からほんの数日後、エルシアは失踪《しっそう》した。

「……あの時、誰の目にも明らかなくらい、ヴェイドはエルシアさんに恨《うら》みを抱いていた。あいつに疑いの目が向けられるのは当然のことだった」

そうどこまでも他人事のように村人は語った。

「なんつーか、ムラ社会って感じ」

「グラジオ」

辟易《へきえき》した顔で吐き捨てる部下をロザリエはその名を呼んで窘《たしな》める。

グラジオは肩を竦《すく》めて村人に尋ねた。

「で、あんたらは人望なき村長殿が犯人だと決めつけたわけ？」

「まさか！　あの御方はヴェイドごときにどうにかできる人じゃねぇ。ただ……」

「ただ？」

「もし彼女が村を出るきっかけを作ったとしたら、奴以外いないだろう」

「ああ、そういう方向で責めたってことね」

うんざりと納得してグラジオは返事をした。

リリアはずっと難しい顔をして黙りこくっている。

ロザリエは表情こそリリアほど険しくないが、男の語る内容に良い感情は抱いてないようだった。

赤毛の騎士にとっても聞いていて楽しい話題ではない。

だがリリアの大切な養い親の行方に関わることなら、聞けるうちに聞いておいたほうがいいだろう。

グラジオたちは今後ロザリエからエルシアの捜索を命じられる可能性もあるのだ。

「つまり、私よりも前に……村長様が皆に虐《いじ》められていたということですか」

リリアが沈んだ声で男に問う。

彼女が虐《いじ》めという言葉を使ったことにグラジオとロザリエは内心驚いた。

確かにリリアは村人に虐待されているような状態だったが、それを自覚し口に出せるようになるにはもう少し時間がかかると思っていたのだ。

これで虐《いじ》められていたことに対して積極的に怒ることができるようになれば一安心だが、リリアは糾弾《きゅうだん》のつもりで言葉にしたわけではないようだった。

「誤解してくれるなよリリア。俺たちは確かに一時期村長に辛く当たったことはあるが、今は全くそんなことはないんだぜ」

虐《いじ》めなんてとんでもない。そう白々しく口にする村人に対し、リリアの表情は何も返さない。黒目がちな瞳だけが消極的な反論を浮かべている。

いつもの癖で怒鳴ろうとした男は赤毛の騎士の存在を思い出し、わざとらしく咳払いをした。

「なら村長に辛く当たるのをやめた理由を教えてください。それは私に関係ありますか？」

「理由って、お前……関係は、ある。あるかもしれねえ」

男は思い出すようにうんうんと頷く。

「お前を癒《いや》し手として育てればエルシア並みになる、そう言い出したのはヴェイドだからな」

リリアから目を逸《そ》らして中年男は言った。

「なるほどね。つまり『いなくなった癒《いや》し手の代わりを用意したから、これ以上俺を責めるな』ってこと」

情けねえ。グラジオが呆れたように呟く。

ロザリエとリリアはそれぞれ異なる表情を浮かべ沈黙していた。

「で、あんたらは村長のオッサンの代わりに今度はリリアちゃんを虐《いじ》めることにしたってわけだ」

いい大人がどいつもこいつも何やってるんだ。この村には馬鹿しかいないのか。

聞いているこちらにも馬鹿がうつりそうだ。そう頭をガシガシと掻《か》きながら赤毛の騎士が言う。

「そういえば、この村にはリリア以外に若者がいないわね」

そうロザリエが静かに口にする。

グラジオは中年男のほうを指差し、「街に行ったみたいですよ」と答えた。

「こいつの息子は村長が出した金で出稼ぎに行ってるとか。それに、他の家の子供たちも」

あの時は良い人だと村長を褒めていたのにな。嫌味を込めてグラジオは男に言う。

「お金を出してでも、この村から若者を外に出したかったということかしら？」

「それもあるでしょうけど、今までの話の流れだと媚《こ》びるためだと思いますよ、村人に恩を売ることで尊敬を買おうとしたんじゃないですかね」

「なるほど、そうした上で先代癒《いや》し手の件は、その弟子が代わりになるから問題ないと言って押し切ったのかもしれないわね」

「まあ、ここまで考えてもリリアちゃんはこの村に必要な存在だと思うんだが……わからんなあ」

赤毛の騎士は口元に手を当てて唸《うな》る。

「なんでそんな存在を村ぐるみで虐《いじ》め抜いてたんだ？　嫌気がさして先代みたいに失踪《しっそう》するとか考えなかったのかよ。そりゃお姫様扱いしろとまでは言わないが、何故わざわざ粗末に扱う必要がある？」

グラジオが指折り数える疑問はいまだに解消されない。

情報が増えれば増えるほど、癒《いや》し手に対するこの村の関わり方の異常さは際立つばかりだった。

「そりゃ全部村長のせいだ、あいつが俺たちを誑《たぶら》かしたのよ」

男が答える。しかしその回答に納得するものは発言者以外誰一人いなかった。

「命令されてやったわけでもないだろうにヒトのせいにすんなよ」

グラジオは冷たく言い放つ。

先ほどまで男が語っていた話からして、村人と現村長の関係はおおよそ健全なものではない。

癒《いや》し手の存在を否定していた村長ヴェイドと、癒《いや》し手の恩恵を享受し崇拝していた前村長をはじめとする村人たち。

そして先代ほどではないが癒《いや》し手として非常に優れた才能を持つリリア。

癒《いや》し手の失踪《しっそう》で立場が危うくなったという村長は、何故わざわざリリアを新たな生贄《いけにえ》に仕立て上げたのだろう。

リリアを支援し庇護《ひご》することで、彼女の親愛と敬意を得ればよかったのではないだろうか。

何故そんな「簡単でまとも」な方法をとらなかったのだろう。

グラジオは考える。しかしどうにも上手い答えが見つからなかった。

「そうね。貴方《あなた》たちは何も無理やり従わされていたわけではないでしょう。今までの話から察するに、現村長の立場は随分と低いものだったようだから。……ああ」

そこまで言って、ロザリエは納得したように息を吐いた。

「だからこそ彼は、自分より下の存在を生み出したかったのかもしれないわね」

相変わらず淡々とした口調で語る彼女に、赤毛の騎士はそういうことかと呟いた。

虐《いじ》めっ子に貢《みつ》いで媚《こび》を売り、自分が虐《いじ》められないように他の存在に目を向けさせる。

そして自分も虐《いじ》めっ子の仲間入りをすることで虐《いじ》められる側から脱却する。

まるで子供の虐《いじ》めだ。

「……おっさんたちが何やってんだ」

グラジオは深々と溜息を吐いた。

村長の世界は、このムラの中が全てなのかもしれない。

いや村長だけではない、村人も、そしてリリアも、この狭いコミュニティの中で生きてきた。

同じことを何年も何十年も。そしてこれからも繰り返して生きていくつもりだったのだろう。

生贄《いけにえ》になった娘が永遠に自分たちの捌《は》け口になり続けると当たり前のように信じて。

そして彼女が耐え切れなくなって壊れたなら驚いてこう言うのだ。「そんなつもりはなかった」と。

少なくとも今目の前にいる鈍感で残酷な中年男は言うだろう。

「若者が村にいないのは、村長がわざと遠ざけたのかもしれないわね」

「なんのためにっすか」

「……年長者だけで囲って対象を子供扱いし続けたほうが、洗脳は解けにくくなるもの」

ロザリエの言葉が一瞬だけ感情に震える。それに気づかないふりをしてグラジオは黒髪の癒《いや》し手を見た。

その横顔はやはり実年齢よりも随分と幼く頼りなく思える。ロザリエと二つしか変わらないとは信じられない。

けれどそれも長年この村で未熟な子供扱いをされ続け、大人になる機会を奪われたからなのかもしれなかった。

「あー……お前は世間知らずなんだから大人の言うことを黙って聞いてろ、って感じっすかね」

「そうね。……懐かしいわ。思い出す度腹が立つ」

その口ぶりは、リリアの置かれた状況に自らの過去を重ねているようだった。

王家の護衛騎士として華々しく活躍していた彼女が毒に倒れた時、周囲の老人たちはこぞって彼女を子供扱いし、弱味につけこんで言うことを聞かせようとした。その時のことを。

「私は私の言うことしか聞きたくないのに」

ロザリエの台詞《せりふ》の彼女らしさにグラジオの頬が少しだけ緩んだ。

痛快な言い分ではあるが、自分の妹や娘がこのタイプならだいぶ手を焼きそうだ。いや、実際乳兄弟として育った身としては、昔から充分手を焼いていた。

グラジオがそんなことを思い出していると、小さな声がぽつりと聞こえた。

「……腹を、立ててもいいんですか」

不安そうに指遊びをしながらそれでも黒髪の癒《いや》し手は口にする。

「怒っても、いいんですか?」

赤毛の騎士は自分の主人と驚いたように視線を交《か》わし合った。

「いいわよ」

「好きなだけどうぞ、だな」

示し合わせたわけでもないのに二人の口からは当然のように肯定の言葉が出る。

リリアは深呼吸をすると、中年男をキッと睨《にら》んだ。

「私、今から村長を怒りに行きます。その後皆にも怒ります」

そうして意を決したように大きく息を吸って、彼女は続けた。

「最初はここから連れ出してもらえるなら、それだけに感謝して誰も憎まずにいようと思っていました。今まで感じていた辛い気持ちも全部過去のことにして、人を責める悪い感情は口にせずにいようと思っていました」

そう語るリリアをグラジオとロザリエは黙って見守る。

「でも、やっぱり酷いです。大人たち全員、私のためなんて言って、何一つそんなことはなかった」

最初は頑張ればエルシアのようになると励まされた。少ししたら努力すればエルシアのようになると言われた。

次は努力しないからエルシアのようになれないのだと叱られた。その後は無能だと見捨てられた。

失敗作だと言われながら、それでも酷使され続けた。

「才能がなくて、要領も悪い私は、癒《いや》し手として出来損ないだって、ずっと言われ続けた。でもそれは、私のせいじゃなかった！」

絶対許さないから。

そう涙をぽろぽろ零《こぼ》しながら言うリリアに対し、村人の男は初めてばつが悪そうな顔をして黙った。

もしリリアが村人たちの横暴な態度に早くから怒っていれば、事態は変わったのだろうか。

彼女に泣きながら許さないと言われ動揺する中年男を見ながらグラジオは考える。

けれど彼女が己を虐《しいた》げ続けてきた相手に直接感情をぶつけることができたのは、今の状況だからだ。

この診療所内にいる人間はグラジオとロザリエとリリア、そして村人の男のみ。

彼女に味方する者のほうが多い。そもそもこういった状況になること自体が、先代の癒《いや》し手がいなくなってからはなかったのではないだろうか。

村ぐるみで虐《しいた》げられ、味方どころか年頃の近い者からも遠ざけられた孤独な日々。

それでも村から逃げ出さなかったのは、大切な親代わりの帰る場所を守るためだったのだろうか。

なんとも胸糞の悪い実験を見せられたような気持ちになり、グラジオは胸の辺りにむかつきを感じる。

リリアが男に対し数発殴る蹴るなどをしたいなら待つつもりだったが、どうやらそういうつもりはないらしい。

ただ言葉と態度で怒りを表明することが、今の彼女の精一杯なのだろう。

緊張にぶるぶると震えている癒《いや》し手の様子を見てグラジオはそう判断した。

感情に任せた暴力をあえて勧めるつもりはない。リリアはそれを深く後悔するタイプだろうからなおのことだ。己とは違う。

だからグラジオは飄々《ひょうひょう》とした態度で話題を変えた。

「じゃあそろそろ村長サマに謁見《えっけん》と洒落《しゃれ》こみますか」

そうふざけた物言いで口にする。

だが実際村長に会いに行く必要はある。この村人の男一人をどうにかしたところで終わるわけではないのだ。

それにアドニスがまだ戻ってこない。氷の貴公子のような外見に似合わずあの男は熱血漢だ。

あの金色の騎士は、この庇護《ひご》欲を刺激する小動物のような癒《いや》し手に随分と肩入れしている様子だった。

村長の彼女に対する発言次第では相手を殴るぐらいはするかもしれない。

冷静な男に見えるのは外見の印象と本人がそう見せたがっているだけで、実際はまだまだ青いし熱い。

しかし村長宅でその家の主人に暴力をふるったりしたら、かなり面倒なことになりそうだ。

妻は亡くしているようだが、あの大きな家に一人きりで住んでいるわけではない。先日訪れた時に使用人の存在は確認している。

「姫様、アドニスくんが村長宅で大暴れしていたらどうします？　村長が開き直って悪事を正当化するタイプだったら、今頃殴るぐらいはしてますよ」

そうグラジオはロザリエに尋ねた。彼自身も既に村人相手に暴力をふるっている。

「まったく……騎士って本当に野蛮ですわね」

ロザリエが呆れたように言う。それが彼女のわかりにくいジョークであると察せるのはこの場ではグラジオだけだ。

「怪我人が出たなら、程度によってはリリアに頼らざるをえないわ」

そう言ってリリアのほうを見やった。

「うちの騎士が迷惑をかけてごめんなさいね」

「いえ、迷惑では……！」

あらかじめ謝罪するロザリエに、リリアは慌てて返す。

その間も床に座り込んでいる中年男は鼻を押さえながら癒《いや》し手をちらちらと見ていた。許さないと宣言されて、彼女が己を治療してくれるか不安なのだろう。

リリアに男の姿が見えないよう、グラジオは立ち位置を変えた。

「その、治療するのは嫌ではないんです。だから迷惑とかではなくて。嫌になった時もあるけれど、それは治療自体が嫌なわけではなくて、患者さんが……」

不器用な話し方で癒《いや》し手はロザリエに己の意思を表明する。

治療を施すのは嫌ではない。けれど態度の悪い患者に傷つけられるのが嫌なのだろう。

そう読み取れる発言の途中で、リリアの声が止まる。少し待っても続きが話されることはなくロザリエもグラジオも不思議な顔をした。

だがそれ以上に黒髪の癒《いや》し手は不思議そうな表情をしている。ロザリエが彼女の名前を呼ぶ直前に、リリアの唇から声が零《こぼ》れた。

それは先ほどの話の続きではなく、けれど全くの無関係でもない。

「そういえば、私、村長の治療をしたことが……一度もありません。十年間、一度も」

それはやはりまだ癒《いや》し手のことを嫌っているからなのでしょうか。

リリアの疑問に二人の騎士は険しい顔をした。凶事の予兆を感じ取ったのだ。

◆◆◆

村長の応接室。そこには今は二人の男性のみがいる。

片方はこの家の主人であるヴェイド、そしてもう一人はロザリエの部下である騎士アドニス。

気弱な癒《いや》し手であるリリアを村人たちは長年理不尽に虐《しいた》げてきた。

そしてそう仕向けたのは村長であるヴェイドだった。

罪を反省するどころか、リリアのためにそうしたと言い放つ男の図太さに、アドニスは拳を繰り出した。

一度目の拳は、鍛えられてはいないが上背のあるヴェイドの体を軽々と床に転がした。

そして今、二度目にふるわれた拳が村長の顔を再び殴打することはなかった。

ヴェイドが自らの手で掴み、顔に当たる直前で止めたからだ。

騎士である己の拳がただの村民であるヴェイドにあっさり止められたことに、アドニスは驚かなかった。

「騎士とは誰もが貴方《あなた》のように暴力的な人種なのですか？」

村長が皮肉を言う。

アドニスは固い表情のまま、質問に質問で返した。

「殴られるのが嫌なのか？」

「それは当たり前でしょう、傷つくのは誰だって嫌です」

「たとえすぐに治ってもか」

「え？」

「近くで見て驚いた。先ほどグラスの破片で切った手の傷がすっかりなくなっているぞ」

淡々と告げるアドニスから、ヴェイドは瞬時に手を離した。

「嘘だ」

その言葉と共に、騎士は男の腹を思い切り蹴り飛ばした。

今度はすぐ下の床ではなく後ろの壁に激突し、男は呻《うめ》いた。

「ぐ、うっ……!!」

「だが心当たりはあったようだな」

相変わらず冷ややかな声音でアドニスは言う。

「貴様はリリアの癒《いや》し手としての実力を知りながら、周囲に彼女を迫害するよう仕向けた。更に生活の援助すらろくにしていない。……そのせいで癒《いや》し手は、精神も肉体も弱り切っている」

リリアの家で見た、萎《しな》びた野菜と質の悪いパンしかない台所の様子を思い出す。そしてリリア自身のやつれた姿を。

「愚かな村人たちはともかく、お前の肉体は本当にリリアを必要としていないのだろう。だから彼女が死んでも困らない」

「何を仰《おっしゃ》るのです。彼女が死んだら村人たちは大変なことになりますよ。何より彼らの鬱憤《うっぷん》晴らしの生贄《いけにえ》が私に戻ってしまう」

「なら何故俺たちが彼女を連れていくことをあっさり受け入れた」

そう指摘するアドニスにヴェイドはわざとらしく困惑した表情を作った。しかしその顔に苦痛の色は見られない。つい先ほどアドニスにより強く壁に打ち付けられたばかりだというのに。

「騎士様の命令に、小さな村の長ごときが逆らえるわけがありませんでしょう」

「違うな。……貴様の血は臭すぎる。いや息もだ。いつからだ」

「いつから、とは？」

「いつ魔族に魂を売り渡した。そして……」

アドニスは男を睨《にら》みつけた。

「何が目的で自らの体を魔性に変えたのだ」

その問いに、村長は愚か者を蔑《さげす》むような表情を浮かべ、次にそれを捕食者のごとく酷薄な笑みに切り替えた。

「そこまでわかっていて逃げもしないとは。本当に浅はかな小僧だ。幸福なことに、挫折をしたことがないと見える」

憐《あわ》れみをこめてヴェイドはアドニスを皮肉った。

「お前ら騎士も山の獣どもも同じだ。自分が一方的に相手を屠《ほふ》れると当然のように思い込んでいる。……その傲慢《ごうまん》な顔を絶望に塗《まみ》れさせるのは、とても楽しい」

その言葉と共に、村長は人型の魔物に姿を変えた。

先ほどまでの男の姿かたちは特筆すべきところのない中年男性そのものだった。

みすぼらしくもなく華美でもない。若すぎず年寄りすぎてもいない。

農作業をしているなら若干体が貧弱なぐらいだ。だが立場的にしていない可能性だってある。

小さな村の代表として違和感を覚えない外見の人物だった。

ただその目がずっと暗い澱《よど》みを孕《はら》んでいたことに、アドニスは気づいていた。

そして何よりも嫌な酒臭さが鼻についた。

アドニスが先ほど勧められた酒を断ったのは、今の状況が飲酒をするのに相応《ふさわ》しくないということだけではなかった。その酒から奇妙な生臭さを感じたからだ。

同じ臭いが、村長であるヴェイドからもしていた。

紛れもない血の香りが。

「私は血酒が好きでね、獣は心臓の次に血が一番美味い。血だけ保管しようとしてもすぐ腐るが、酒と混ぜておくと長持ちするんだ」

そう村長だったものは語る。

その体は数倍にも膨れ、皮膚は青黒くなり、両腕はアドニスの胴体よりも太い。

先ほどまで身につけていた服は当然弾《はじ》け飛んでいる。

「好んで血を口にするようになったのは、その姿になってからか」

「それは考えたことがなかったな。この姿になるまで一人で獣を狩ったことがないのでね」

山で熊を嬲《なぶ》り殺しにした時、顔に飛び散った血を舐めたら美味かった。それからだとヴェイドは言う。

外見はすっかり魔物になり果てているが、その声は先ほどまでと全く変わっていない。よく観察すれば顔立ちは人間の時からそこまで変化はしていないようだった。ただそれ以外が違いすぎる。

人間の姿の頃常に纏《まと》っていた卑屈さの代わりに現在の村長は自信に満ちた笑みを浮かべている。

「この体はいいぞ、若造。一人で獣を容易《たやす》く狩れる。当然全部が自分の取り分だ。肉も毛皮も丸ごと私のものだ」

「そんな力に頼らずとも、俺は熊ぐらい狩れる」

アドニスの返答に対しヴェイドは青黒い顔を怒りに赤くして拳をふるう。

「その物言いが……傲慢《ごうまん》だというのだ!!」

大声に見合った豪快な攻撃だ。

なるほど。あれが顔面に当たれば首から上は容易《たやす》く吹き飛ぶだろう。

しかしわざわざそれを受ける理由がアドニスにはない。

最低限の動きで拳を避ける。勢いはあるがどこを狙っているかがわかりやすい上にスピードも大したことがない。

何より戦闘訓練を受けた人間との戦い方を知らない。

アドニスにとって自分の数倍の体格になったヴェイドは、それでも脅威ではなかった。

組み合えば魔物の膂力《りょりょく》に屈するだろうが、アドニスにはそもそも組み合う気がない。

「俺は力自慢の獣じゃない。お前と力比べをするつもりはない」

「フンッ、私に勝つ自信がないからか」

拳を盛大に空ぶっておいてなお、ヴェイドの物言いは傲慢《ごうまん》だった。もしかしたら虚勢を張っているのかもしれない。

あえて挑発はせずにアドニスは淡々と言葉を紡《つむ》ぐ。会話ができるうちにこの男が魔物化した理由を、手段を聞きださなければ。

この男を倒した後で同じようなことが起こり得ないか確認する必要がある。

「山で獣を殺し始めたのはいつからだ。奥方の仇討《かたきう》ちのつもりか」

金色の騎士が推測で口にした言葉に魔物は少し驚いた表情を浮かべる。

「……よく、わかったな」

「その力があればそもそも熊相手に苦戦することはなかっただろう。だから後だと思った」

そして買い被りかもしれないが、村内の人間が魔物化などすれば、先代の癒《いや》し手が見逃すはずはないように思えた。

だから村長が魔物に変身する手段を得たのは彼女が失踪《しっそう》してからのことだろう。

アドニスは村長の言葉を待った。

「魔族と契約し、力を借りる方法自体は、エルシアが失踪《しっそう》する前から知っていた」

「何？」

「先ほど言ったはずだ。私は死にかけの息子を蘇生させたあの女の力に恐ろしさを感じていたと」

だから調べた。そうヴェイドは金色の騎士に語った。

「息子が別人に取り換えられた可能性を調べていくうちに、魔族が関与しているのではないかと疑ったのだ。そうして見つけた。人間の亡骸《なきがら》を贄《にえ》にし、その体に魔物を憑依させる禁呪があるのだと」

魔物の外見をした男は得意げに言った。

詳しく調べていくうちに、魔族を呼び出し契約する方法も知ったのだという。

アドニスの顔に驚きはない。詳しい方法こそ知らないが、そういったものがあると聞くのは王都で騎士として勤めていれば珍しい話ではないからだ。

「あの女は魔族の使いで、そうやって人間を魔物と入れ替えているのではないかと私は思った」

「妄想がすぎる」

「ああ、そうだ。妄想だった」

騎士の冷たい言葉に対し、意外なことにヴェイドは素直に首肯《しゅこう》した。

「熊に襲われた時、エルシアは私を強引に治療した。だが傷が癒えた以外のことは何も起こらなかった」

自嘲するように男は続けた。

「全部妄想にすぎなかったのだ。もっと早く気づけばよかった。息子を魔物と思い込み恐れた時間は、全て無駄だった」

そう語る男の声は悲痛に満ちている。リリアに対する仕打ちを知らなければ、アドニスも同情したかもしれない。

「だが後悔しても遅い。彼女は突然消えた。そして愚かな村人たちはそれを私のせいだと責めたのだ。……私は村長だというのに！」

先ほどの哀れな様子はすっかり消え去り、魔物の大きな口からは憎々しげに怨嗟《えんさ》が吐き出される。

「私はちゃんと後悔していたのに！　あいつらは納得せず過去のことで私を集団で責めてきた！　自分たちから癒《いや》し手を奪ったと、村長である私を責め立てたのだ！」

その時に力が欲しいと思った。そうヴェイドは語った。

この立場を弁《わきま》えない愚か者たちをねじ伏せることができる力が欲しいと願ったのだと。

「リリアを新しい癒《いや》し手として矢面に立たせたところで、私が受けた屈辱が晴れることはない。いつか絶対復讐してやると誓ったのだ」

「そのために魔物に魂を売り渡したのか。集団に対抗するための力を求めて」

「そうだ。私は契約した。血が大量に流れた場所なら魔族を呼び出しやすい。私は裏山に一人の魔族を呼び出し、愛しい妻の亡骸《なきがら》と引き換えに、屈強な肉体を与えてもらったのだ」

「……つくづく、反吐《へど》が出る」

アドニスは嫌悪を隠しもせず村長に吐き捨てる。

「奥方のこともリリアのことも、お前が自分の復讐と保身のために捧げているのはどれも他者だ。気づいていないのか」

「知った口をきくな若造。私だって胸が痛んだ。だからその償《つぐな》いとして山で獣を屠《ほふ》り続けている」

「それも金目当てだろう」

「なんだと？」

「先ほど肉と毛皮を独り占めできると自慢していたことを忘れたのか」

騎士の指摘に魔物はいかつい手で自らの顎《あご》を撫《な》でた。うっかりしていたとでも言いたげな人間臭い仕草だった。

アドニスの視線がますます冷たく凍り付く。

「その金は酒と、そして村人へ媚《こ》びるために使ったのか？」

「まあ、それだけではないがそうだな」

「答えろ。……癒《いや》し手の失踪《しっそう》直後に魔族と契約したなら、何故その時点で村人相手に恨《うら》みを晴らさなかった？」

当時から十年は経過している。

己を村長として扱わない村人たちへの復讐が目的なら随分と呑気な話だ。

アドニスの疑問にヴェイドはそうだなあとやけにのんびりした声で言った。

「いつでもあいつらを殺せると思うと、今ではなくていいかと思ってしまってね。色々遊んでいるうちにあっという間に十年が経ってしまったよ」

そう魔族に妻を売り渡した男は平然と笑った。

「……ふざけるな。お前の遊びに巻き込まれて、一人の娘が十年間、地獄で暮らし続けていたんだぞ！」

「これは秘密だけれど、リリアが死ぬか壊れるかしたら村人を皆殺しにしようと思ってはいたんだ。だから今日が君たちと奴らの命日になるだろうね。だって生贄《いけにえ》がいなくなったら奴らはまた私を虐《いじ》めの標的にするだろうから」

どこまでも自分のことしか考えていない男に、アドニスは腰の剣を抜いた。

「言いたいことはそれだけか」

軽蔑を隠しもせず金色の騎士は言い放つ。

鞘《さや》に隠されていた刀身は、アドニスの殺意と共に魔物へ向けられていた。

「フン、優男の剣などこの私に効くものか」

異形の姿を誇示するように腕を膨らませ、少し前まで中年男の姿をしていた魔物が言う。

今のヴェイドとアドニスは大人と子供ほども体格差がある。

けれど金色の騎士の瞳には怯《おび》えも焦りも浮かんでいなかった。

「お前と似た姿をした魔物なら過去に何体も斬った」

「何……!?」

「騎士団の一員だと名乗ったはずだ。腰の剣は飾りではない。それに……」

一人で倒せる自信がなければ挑発などしない。そう告げられた魔物は憤《いきどお》り吠えた。

しかしヴェイドのそこだけは人間の時と変わらない茶色い目の奥には、隠しきれない恐怖が今になって宿り始めていた。

アドニスが語ったことは、そのままヴェイドの心情にも当てはまる。

魔物の姿の己ならこの騎士を殺せる自信があったから、彼が怒りを見せても癒《いや》し手を愚弄《ぐろう》する発言を続けたのだ。

身分の高そうな女の配下に収まっている、やたら顔のいい若い男。その情報だけでヴェイドは下衆《げす》の勘繰りをし、アドニスを侮《あなど》っていた。

いやアドニスだけではない、ロザリエともう一人の騎士のことも後で殺そうと安易に考えていたのだ。

女一人に連れの男二人。それぐらいなら魔物の体を持つ己なら余裕で始末できると。

元々リリアをこの村の外に出すつもりなど毛頭ない。彼女は死ぬまで自分の「娯楽」

であるべきなのだ。

癒《いや》し手を危険視していたヴェイドを攻撃した村人たちが、ヴェイドの言いなりに癒《いや》し手をいたぶる。

その構図は彼に歪《ゆが》んだカタルシスをもたらし続けていた。

だからすぐに殺さなかったのだ。村人のことも、リリアのことも。

エルシアの治癒魔法は確かに禍々しいものではなかった。けれどそれとこれとは話が別だ。

村長の息子という立場に生まれついた己が、父の次に偉いはずの存在であった己が村人たちに敬われなかった原因。

それは癒《いや》し手などというものが突然現れてその立場を奪ったからだ。

エルシアが消えたなら、その償《つぐな》いは当然弟子のリリアがするべきなのだ。自分に向けられるはずだった敬意を奪った報いを。

だから、そう仕向けただけだというのに。

「お前は矛盾している」

思考に没頭していたヴェイドの耳に涼し気な声が届く。

「生まれついた立場だけで相手に膝を突けというならば、まずはお前がそれを実践しなからだ。

ヴェイドの反発の声は途中で途絶える。彼の分厚い胸の中央をアドニスの剣が貫いた

「なんだと……」

ければいけなかった」

いや、己が貫かれていることにヴェイドがようやく気づいたからだ。

「それに、無知なこの村で癒《いや》し手が敬われたのは身分からではないだろう」

持てる力で村人に尽くした結果として、尊敬を受けたのだ。

そう告げる騎士の声は、愚かな男にはもう届かなかった。

薄い布に細い針を刺すように自らの胸を深々と剣が貫いている。

それに気づいた時ヴェイドはとても不思議な気分になった。

魔物になったというのに自分はこんなにも簡単に殺されてしまうのか。

いや、魔物になったから殺されたのか。

腕を振りかぶり金髪の騎士を抱き潰《つぶ》そうとする。

けれどあっさりと相手は自分と距離をとった。

その際に剣が抜かれ緑色の体液が勢いよく噴き出す。

急に気が遠くなった。相手が口を動かしているが何を言っているかわからない。

血が一気に失われつつあるのだ。十年前、熊に襲われ大怪我をした時と同じだ。

あの時の熊は後から追ってきたエルシアが倒し、自分の傷も癒《いや》してくれた。

己が先に見つけ介抱していた妻は助からなかった。

熊を、妻の仇《かたき》を倒せるようになったのに。猛獣から村を長年守り続けたのに。

どうして自分は誰からも慕われなかったのだろう。

魔物に力を借りたからだろうか。でも村を守るためだったのに。

違う。村人を殺すためだったか。わからない。

どこで間違えてしまったのかもわからない。リリアをこの男にさっさと受け渡せばよかったのだろうか。

それとも獣を殺す時と同じように人間の姿で油断させて、殺す一瞬だけ魔物の姿になればよかったのか。

それともエルシアへの嫌悪を隠し続ければ変わったのだろうか。

違う。もっと早く誤解がとけていればよかった。

あの事件が起きる前に、一度でもエルシアが自分に無理やりにでも治癒の魔法を使ってくれていれば。

きっと妻だって助かっただろうに。

胸からだけでなく口からも血が零《こぼ》れる。酷い怪我だ。このままだと死んでしまう。

でもこの村には癒《いや》し手がいる。

「いやしてを、よんで、くれ」

ヴェイドは男に哀願した。

「駄目だ。それは許さない」

けれどそれは無慈悲に断られる。

ああ、自分が妻とした最期の会話と全く同じだ。

なるほど。あの時の彼女はこんな昏《くら》い気持ちで目を閉じたのか。そう思いながら男は息絶えた。

第四章　新しい村長

村長の体は命を失っても元の姿には戻らなかった。

アドニスは彼が魔物に変じる際に破れた衣服の残骸を拾い、刀身の汚れを拭《ぬぐ》う。

人型の魔物の死体は王都では高く売れる。

魔物学者や錬金術師、悪趣味な好事家《こうずか》。

騎士団が魔物討伐の任務を受けると、それをどこからか聞きつけて亡骸《なきがら》を買い取りたいと言ってくるのは大体この辺りだ。

今回のようにほぼ傷がなければ相当の高値になるだろう。

けれどそのことを村人たちに伝えようとは思わなかった。ヴェイドの行動も、リリアに対しての仕打ちも許せるものではない。

この村に癒《いや》し手が現れたことで権力のバランスが崩れたのは理解している。

だがヴェイドが村長として行ったことは、村人と癒《いや》し手の間に入り関係を調整することではなく、上下を入れ替えただけだ。

更に村人と共謀してリリアを虐《いじ》め抜いた。それも、完全な逆恨《さかうら》みで。

そう、村人と共に行ったのだ。けれど今回の一件を話せば村人たちはヴェイドに全ての罪を押し付けるだろう。

そして彼の亡骸《なきがら》の価値を知れば当然のように金に換え自らの懐に入れるに違いないのだ。ヴェイドの愚かさを貶《けな》し嘲笑《あざわら》いながら。

しかし実際村長は死んだ。もうこの世にはいない。遅かれ早かれ明るみに出る以上、こちらから公表しなければいけない。

アドニスはカーテンに触れ、窓から日差しを確認した。ここに来てからかなりの時間が経っている。

このまま待っていれば異常事態を察してグラジオ辺りがやってくるに違いない。

だが、その前に。

アドニスは音も立てず廊下側に移動し、無言で扉を開けた。

内開きの戸の向こうには床に座り込んでいる女がいた。若くはないが年老いてもいない、この村の住人なら若いほうに入るのだろうか。

化粧っ気はなく服装も質素。確か数時間前、食材を村長から譲ってもらった時に野菜などを運んできてくれた人間だ。

特に何者かは紹介されなかった。だから彼の後妻や家族などではないだろう。使用人といったところか。

「殺さないでください」

アドニスを見上げながら女性は言う。そんなことはしないと金色の騎士は答えた。

「殺されるような心当たりがあるのか」

「……」

「あるのだな」

「……わかりません」

意味深な沈黙に対し当然だがアドニスは問い詰める。饒舌《じょうぜつ》な村長とは逆の性質のようだが、単純に怯《おび》えているだけかもしれなかった。

こういう人種は苦手だ。

ヴェイドはアドニスの外見や地位、年齢、その他に悪感情を抱き、少しでも優位性を誇示しようとしてきた。魔物の姿を披露《ひろう》したのもその意識の表れだろう。

だがこの女はそういうタイプではなさそうだ。ならばグラジオのほうが上手く話を聞きだすことができると感じた。

そんなことを考えている間もアドニスは女を見下ろしている。向こうも時折視線を逸《そ》らしながらこちらを見ている。

「……村長が魔物になっていたことを、騎士様に伝えなかったことは罪になりますか」

「身の危険を感じて話せなかったならば、今回の件について俺はそこまで重罪だと判断しない」

ヴェイドは村人を皆殺しにするつもりだったようだが、その企みは彼の死で潰《つい》えた。

死んだ魔物以外の死者は今のところ出ていない。アドニスの説明に女は少しだけ瞳を曇《くも》らせた。

「……ヴェイド様は、魔物として亡くなったのですね」

「ああ」

「騎士様、お願いがございます」

「なんだ」

「村長が魔物になったのではなく、魔物に村長が殺された……村の人間には、そう話していただきたいのです」

そうでなければ次の村長の立場が悪くなる。女の言葉に騎士は難しい顔をした。

女はミゼリと名乗り、自分は元々村で薬師《くすし》をしていたと語った。

エルシアの登場で村人から必要とされなくなった彼女を、身の回りの世話をさせる使用人として引き取ったのはヴェイドだったとも。

「私は薬師《くすし》と名乗っていても大したことはできませんでした。だから村人たちに不要とされたのは当たり前のことです」

誰だって癒《いや》し手様を頼るでしょう。そう語る女の表情には何も浮かんでいない。

「ただ癒《いや》し手様を恐れて頼ることのできない彼には、私が必要だったのです」

魔物になってからは、傷を癒《いや》す必要はなくなったけれど。そう語る時だけ女は薄く笑った。

「村長は私が癒《いや》し手様を、そして村人を恨《うら》んでいると思っていました。……ご自分と同じように。だから、そばに置き続けたのでしょうね」

「実際、恨《うら》んでいたのか。村人たちを。そして癒《いや》し手を」

彼女は静かに首を振った。

「私がヴェイド様に仕えたのは、癒《いや》し手様を拒《こば》んだ彼が薬師《くすし》を必要としたからです。そして魔物となった後も仕え続けたのは自分の命が惜しかっただけ……」

けれど、と女は続ける。

「もし私が彼の治療役を請け負ったりしなければ、ここまで取り返しのつかないことにはならなかったかもしれませんね」

山での惨劇が起きる前に、村長の癒《いや》し手への不信を拭《ぬぐ》うことができたかもしれない。

魔物となった男の死体を見つめる表情は悲しげだった。

「次期村長はヴェイド様のご子息になるでしょう。彼との連絡手段は私が知っています」

父に疎《うと》まれ長年村から遠く離れた街で暮らしているが、今年二十六歳になるはずだ。

そうミゼリは語る。

「図々しい願いだとは理解しております。ただ私は村人たちを信用していません。彼らは私やヴェイド様と同じぐらい愚かですから。……どうかヴェイド様のご子息が村に戻り、新しい村長になるまで、武力を持ち冷静な判断ができる騎士様たちに、この村に留まってほしいのです」

女は深々とアドニスに頭を下げた。

◆◆◆

薬師《くすし》の女の頼みのほとんどはロザリエとリリアによって聞き入れられた。

完全な逆恨《さかうら》みとはいえ、癒《いや》し手の存在が原因で人間が魔物化したという事実。

新しい村長と村人たちの精神的な力関係の考慮。

この村に罪人の息子を住まわせた場合、再度惨劇が起こりうる可能性。

それらを鑑《かんが》みた結果の判断だった。

「何より村長だけが悪いってなりそうなのが絶対駄目ね」

「ああ、絶対なるでしょうね。この村だと」

「ただ、変わる可能性はあるけれど」

豊かになった食料と反比例して書物や薬品が減った診療所。

その居住スペースでロザリエと赤毛の騎士グラジオは午後の一服を嗜《たしな》んでいた。

彼女の顔にこの村を訪れた当時存在していた鱗《うろこ》や石化の名残はなく、美しい顔立ちを引き立てる滑らかな白い肌に戻っていた。

これもリリアの治療のおかげだ。

そしてロザリエの症状が完全に改善した頃に、報《しら》せを受けた若者が村に戻ってきた。

青年の名はレスト。父親から疎《うと》まれ、長らく村を離れていた村長の一人息子だ。

突然の訃報《ふほう》で天涯孤独になった青年は、それでも真っ先に村の今後を話し合おうとした。

次代の村長であるという驕《おご》りはなく、ただ故郷に骨を埋める覚悟があった。

「新しい村長がまともな青年でよかったわ」

「良い青年だからこそ気の毒な気もしますけどね、俺は」

こんな村に戻ってくる羽目になって。そうグラジオは溜息を吐く。

村長が魔物に襲われ殺された。その魔物は療養に来ていた女貴族の護衛が倒した。

それが村人たちに告げられた事実だった。

村人たちは誰も村長の死を悼《いた》まなかった。それは仕方がないことかもしれない。

村長ヴェイドが村人の皆殺しを企んでいたという真実は、当然村人には知らせていない。

ただ、彼の息子には全て話した。それはリリアの意思だった。

「知らないほうがいいことと、辛くても知らなければいけないことがあります。……知らないことで誤解が生まれて、悲劇が生まれることも、ありますから」

そう告げる黒髪の癒《いや》し手を、青年の父であった魔物を手にかけた金色の騎士は湖面のような瞳でじっと見つめていた。

新しい村長レストとリリアは年齢が近く、彼が村を出るまでは友人だったらしい。

父が村人を扇動して彼女に行った非道を聞き、レストは父の葬儀の時よりも顔色を酷くした。

床に頭をこすりつけてリリアに謝る彼を見て、この村で初めてまともな感覚を持った住人に会ったとグラジオは皮肉に感じた。

リリアは彼を責めることはしなかった。その父親のことも。

「レスト、私は、あなたも被害者だと思うの。あなたは、ご両親のことが大好きだった、でしょう」

まだ若干精気の乏《とぼ》しい表情でリリアは長く離れていた友人を思いやった。

「あなたの力になりたい。だけど。ごめんね」

私も幸せになりたい。そう言って村から出ていくことを匂わせるリリアを青年は受け入れた。

老いた村人たちは愚鈍《ぐどん》だった。

村長が魔物に殺されたことには大いに驚いていたが、村に魔物を単身で倒せる騎士が存在していることですぐに気を緩めた。

アドニスたちはずっとこの村で暮らすわけではないというのに、彼らはそのことを想像もしないようだった。

けれど、わざわざ説明してやるようなことでもない。ロザリエは彼らが自分たちの力に依存しようとしているのを逆手に取ることにした。

このままただ村からリリアを連れ出せば、この村は遅かれ早かれ自滅するだろう。それは彼女も望むことではない。

だから村を出る前に、癒《いや》し手に頼り切った村の体質を少しでも改善しようというのだ。

グラジオが主に診療所の入り口に居座り、患者の選定をした。彼が治療に値しないと判断した者は容赦なく追い出された。

それと時を同じくして、ミゼリがレストから村の外れの住居を与えられ、薬師《くすし》の仕事を始めた。

そのためグラジオに追い払われた村人たちが、ミゼリのもとに寄る姿が見られるようになった。

そして深夜、診療所へ通い薬術について学ぶミゼリの姿も。

診療所の患者は激減した。グラジオが門番のような真似をしている裏で、ロザリエたちは荷物の運び出しを始めていた。

村を出ていけば、診療所を焼く——そうリリアを脅《おど》していたヴェイドは死んだが、残った愚かな村人たちが何をするかわからないからだ。

それにリリアが新天地で仕事を始めるにしても、エルシアの残した文献は役に立つだろう。

ヴェイドの遺体は、ロザリエが呼んだ者たちによって王都に運ばれていった。

防腐処理はリリアとミゼリが協力して行い、遺体と引き換えた金はレストが全額受け取った。

老いた村人たちが耕せる畑など微々たるもので、村の存続には資金が必要だ。

癒《いや》し手は村からいなくなる。騎士たちも。後に残るのは薬師《くすし》と未熟な村長、そして愚かで老いた村人たち。

ロザリエは前村長が支援して街へ送り出した子供たちを頼るよう、レストに忠告した。

彼は街で生活している彼らを村に呼び戻すことを悩んでいる様子だった。

だが「戻るか決めるのはそいつらだろ」というグラジオの言葉で連絡を取ることにしたようだ。

若い力が、ゆっくりと村の方向性を変えようとする。その矢先だった。

新しく村長となった青年がロザリエたちに新たな事実を伝えたのは。

「……父の部屋を整理していたら、隠し戸棚があったんです」

村長となったレストが、呼び出したロザリエたちに告げた。

街から戻った彼は実家である村長宅に一人で暮らしている。

ただ、修繕後も父が死んだ部屋を使うつもりにはなれないらしい。

ロザリエと二人の騎士、そしてリリアは彼が新しく応接室として利用することにした部屋に通された。

そして今、目の前の卓に古くボロボロの書物が置かれている。隠し戸棚の中から見つけたのだと村長になりたての男は語った。

幼馴染《おさななじみ》の青年の表情が暗いことに、リリアは気づかわしげな表情を浮かべる。

置かれたそれは本というよりも、紙を束ねて油紙で包んだだけといった状態だ。

「変色したり虫が食ったりしていて読みづらいですが……魔族を召喚するためのものの

ようなのです」

「……なるほど」

ヴェイドはこれを利用したのか。そうアドニスは納得したように頷いた。レストも同意するように首を縦に振る。

レストにとってアドニスは父の仇《かたき》であるが、少なくとも面と向かって憎しみを口にしたり騎士を責めたりすることはなかった。

父に疎《うと》まれ少年時代から家族と離され暮らしていた少年は、理性的な青年となって故郷に戻ってきたようだ。

そのことがこの村にどう影響するか、ロザリエは期待しながらも不安を感じていた。多勢に無勢になるのか、それとも烏合《うごう》の衆をまとめ上げることができるのか。そのようなことを考えていた矢先に本日呼び出しを受けたのだ。

「あまり持ち運ばないほうがいい気がして、失礼を承知で皆様方に足を運んでいただきました」

「いい判断だと思うよ。こんなん万が一他の村人が見たら、面倒くさいことになりそうだもん。それにしてもこの黒い染みは……血かな」

グラジオが軽い口調で言いながら、紙面の文字を興味深げに目で追う。

「物好きに売ったらいい値段になりそう……いてっ」

「あまり調子に乗るな」

赤毛の騎士の不躾《ぶしつけ》な台詞《せりふ》に、アドニスが後頭部を軽く殴った。

騎士たちの寸劇を前にしてもレストの表情は思いつめていて暗い。

「……これは箱に厳重に保管されていて、父の手紙も一緒に入っていました。……代々一族に伝わっている祈祷書なのだ、と」

その言葉を言い切るとレストは顔を手で覆《おお》った。

騎士たちに秘密を打ち明けたレストの体は小刻みに震えている。自分たちの一族が魔族を崇拝していた。その事実は、子供の頃死にかけたことがあるとはいえ、その後は街で平穏な暮らしをしていた青年には衝撃だろう。

「僕の一族は邪教の信者で、だからこんな辺鄙《へんぴ》な場所に村を作ったのでしょう」

「レスト……」

「リリア……呪われているのは父だけじゃなかったみたいだ。……僕もいつか狂うかもしれない」

温厚そうな顔に絶望の表情を浮かべながらレストは弱音を吐く。

そんなことはないとたどたどしく返すリリアと並んでいると、二人は薄幸な兄妹のようだった。

　ロザリエはその光景を眺め、静かに言う。

「レストさん、貴方《あなた》は何代目の村長になるのかしら？」

　唐突な質問に驚きつつも新村長は素早く回答する。

「私は六代目になります」

「こちらに書かれている儀式を、貴方《あなた》は今まで知らなかったのよね」

「はい。父からも祖父からも、儀式の存在を聞いたことは一度もありません」

「なら貴方《あなた》のご先祖の邪神信仰は廃《すた》れているも同然。このような祈祷書など燃やしてしまえばいい。それでおしまいにしましょう」

「……え？」

　ロザリエ以外の人間は全員、大小の差はあれど驚きの表情を浮かべる。

「それはまた、あっさりしすぎでしょう」

　まるで全員の気持ちを代弁するように言ったのはグラジオだった。

「だって彼は信仰を強いられたわけでも信仰を継ぎたいわけでもないのでしょう。なら不要だわ」

　それに他の村人たちにも信仰者はいないはずだ。そうロザリエは自分の考えを話す。

「御父上の魔物化した亡骸《なきがら》を運び出した時、村人全員が野次馬をしていたけれど……恐怖と好奇の目でしか見ていなかったわ。もし魔族を崇拝していたり、儀式について知っていたりする者がいたなら、それなりの反応をしていたでしょうね。だから少なくともここ数十年は、この村で邪教の儀式が行われたことはないはずよ」

そうロザリエは冷静に告げる。

「へえ。リリアちゃん以外には興味なさそうだと思ってたけど、ちゃんと観察していたんですね」

「前村長以外に魔族と契約した者がいないとは限らないでしょう。念のために確認したのよ」

グラジオとロザリエの会話を、レストが呆気にとられた表情で見ている。

そんな彼にアドニスが静かな表情で語りかけた。

「……どこの代でかはわからないが、魔族崇拝をやめる決断をした者がいたのだろう。その時に祈祷書も勇気を出して処分しておけば今回の件は避けられたのかもしれないが……」

わずかに表情を曇《くも》らせて金色の騎士が言う。

「父のように魔族に頼りたいと願う気持ちがないなら、その血は呪われていない。祈祷書を捨てて、これまでと変わらず日の当たる場所で生きればいい」

「騎士様……」

「そう、だよ、レスト。私、あなたは優しくて立派な村長になれると、思います」

「リリア……」

二人の言葉で村長の顔から陰りが消える。

それを穏やかな表情で見ながらグラジオは指先で祈祷書をつついた。

「まあ、こういうのを律義に報告してくる時点で、悪さはできないだろうしな」

村長として向いているかは別として善良な青年であるのに間違いはないだろう。

その言葉に同意するように金色の騎士は頷いた。

父を討たれた報復として祈祷書を使い魔族に頼る選択も彼にはあった。しかしレストはそれをしなかった。

その理性があれば父親と同じ道は歩まないだろう。そうアドニスは言葉にしようとして結局やめた。

グラジオは祈祷書をめくりながら持ち主に告げる。

「随分古いし、多分これもそれなりの金にできると思うけど……どうする、村長さん？」

燃やすのもいいが魔族研究家に資料として売る手もある。

父親の亡骸《なきがら》と同様に村の運営資金にするかと聞かれ、レストは迷うような表情を見せた。

「……少し考える時間をください」

ロザリエたちは頷いて村長宅を後にした。

「どうしてレストのご先祖様たちは、祈祷書を処分しなかったのでしょう……」

村長宅から診療所に戻った後、入り口の扉を閉じると同時にリリアが言う。

まだ滑らかに話すことができない小さなその声は、憤《いきどお》りの感情に震えている。

それを敏感に察したロザリエはリリアの肩を優しく抱いた。

その行動を見て微妙な表情を浮かべるグラジオに、視線でどこかへ行けと命ずる。

「貴女《あなた》は優しいのね」

リリアは突然触れられたことに一瞬怯《おび》えたが振り払ったりはしなかった。

その手も声も自分を攻撃するものではないと理解し、ほっと安堵の表情を浮かべる。

まるで長く虐待されていた動物のようだとロザリエは思った。

リリアは他人からの接触に怯《おび》えがちだが、決して攻撃的になったりはしない。

むしろ過去に親代わりの師と暮らしていた頃を懐かしむように、優しい触れ合いを恋しがっている節があった。

これまで未熟な子供として扱われ続けた結果、精神が大人になりきれていないのかもしれない。

そのせいか、リリアに対してロザリエは妹を甘やかす姉のような態度になってしまう。グラジオからは「依存させて自分から離れられなくする企みか」と勘繰られているが、結果としてそうなるのならそれでもいいと思った。

彼女が精神の安定を取り戻せるまでの寄りかかり先でもいいし、ずっとそばにいたがるならそれでもいい。

万が一リリアが癒《いや》し手の能力をなくすことがあったとしても、女性一人理由なく養う程度の甲斐性は持っている。

その覚悟があるからこそ、ロザリエはリリアを全力で囲い込めるのだった。

「あの、私は、優しくはありません……ただ、その祈祷書がなければ……」

前村長は魔物にならず命までは奪われなかっただろうに――リリアが口籠《くちごも》った言葉をロザリエは正確に読み取った。確かにそれは事実だろう。

だがヴェイドは魔物になった結果心が歪《ゆが》んだわけではない。

村人への復讐心と癒《いや》し手への狂った征服欲は、彼が人間として生きて培《つちか》ってきたものだ。

祈祷書がなく、魔族との契約ができなかったとしても、他の方法で凶行に走っただろう。魔物でなくとも人を殺すことはできるのだ。剣を振るう人間として、ロザリエはそのことをよく知っている。

しかしリリアはそこまで考えず、単純に前村長の命を憐《あわ》れんでいるのだろう。本来であれば、彼女こそヴェイドに復讐心を持つべきだろうに。

それが癒《いや》し手としての慈悲深さなのか、彼女個人の性質なのか、あるいは彼女の師匠がそのように教育した結果なのか。まだロザリエには判断できない。

「何故祈祷書を処分しなかったのかは、今日の村長の行動と同じだと思うわ」

「レストと？」

「代々受け継いできたものを自分の判断で破棄していいのか、迷ったのでしょうね。もしくは処分方法がわからなかったのかも。あんなもの、下手に触れたら魔族から報復を受けるんじゃないか、と恐れるのは不思議ではないもの」

ロザリエはそのようにいくつか思いついた理由を語った。

「それに騎士団にはこういった相談が寄せられることも多いのよ」

「騎士団に？」

「蔵を整理していたら呪われた剣が見つかりました、処分してください……みたいなのがね」

実際は呪われた剣に操られた人間が暴走しているのを止める任務のほうが多いのだが、血なまぐさいので今は黙っておくことにした。

ただでさえ臆病なリリアに、騎士団へのネガティブな先入観を持ってほしくない。

「少なくとも今の村長の代で、邪悪な祈祷書は村からなくなるわ。だからもう同じ悲劇は起きない」

ロザリエは安心させるように、リリアに微笑みかけた。

レストの選択を待ちながら、リリアたちは温かで賑《にぎ》やかな日々を過ごした。

無能な癒《いや》し手と蔑《さげす》まれ続けたリリアの十年間の孤独と抑圧を優しく塗り潰《つぶ》すように。

「絶対私よりアドニスに懐いてるわよね。私のほうがリリアに沢山話しかけているし、同性だし、一番距離が近いと思うのだけれど」

グラジオと二人きりの家で、ロザリエは溜息を吐く。

黒髪の癒《いや》し手は今、アドニスと一緒に山へ薬草を摘《つ》みに行っている。だからこそ口に出せる言葉だった。

もし彼女がこの場にいたなら申し訳なさそうな瞳でロザリエを見るだろう。気遣《きづか》われるのは嫌だし、そんなことをさせたくない。

人間関係によって抱える心の負荷がリリアは常人よりずっと重いのだ。

「逆ですよ、逆。むしろあまり話しかけてこないから楽なんですよ。姫様から街の話を聞いてる時はちゃんと楽しそうですけれどね」

赤髪の騎士は窓を拭きながら答える。まるで自分の家のような手慣れ具合だった。

「そうなのよ！　リリアっていつもどこか悲しそうじゃない？　でも私の話を聞いている時は瞳がきらきらと子供みたいに輝いて可愛いのよね」

「もう癒《いや》し手とか関係なくリリアちゃんを気に入ってるじゃないですか」

「今更気づいたの？　大体、貴方《あなた》だってそうでしょうに」

「気に入ってるというか、放っておけないって感じっすね。俺妹いるし。もっと肉食って太れ、みたいな」

「わかっていたけれど貴方《あなた》って本当デリカシーがないわね。でも確かにリリアには体力をつけてもらわないといけないわ。これからの旅で体調を崩さないように」

既に馬車の手配は済んでいる。けれど十年近くこの家に幽閉されていたような状態のリリアは、本人が自覚するより体力が落ち、足腰が弱っていた。

運動量もだが、食事も睡眠も足りない状態で生きてきたせいで、成人女性とは思えない華奢《きゃしゃ》さだ。

「アドニスを連れてきてよかった」

「あいつの飯美味いっすからね」

「それだけではないわ。事情を知ってからちゃんとリリアに合わせた食事を作っているのよ、彼」

初めの頃は胃が受け付けなかったり、出されたものを無理して食べ切ったりして吐くことがあった。けれどそれが次第に減っている。そうロザリエは指摘した。

「そういやあいつ、家に犬や猫を大量に保護してて、年老いた飼い猫の食事とかは自分で作ってるって前言ってました」

「つまり弱っている相手の面倒を見るのに慣れているのよね」

「あんな派手な外見で女に尽くされて当然、みたいな顔してるけど実は尽くす派なんですよね」

「嫉妬が隠しきれてないわよ、グラジオ」

確かにアドニスの容姿が人並外れているのは確かだけれど。彼と同等の美貌を持つロザリエは冷静に言う。

僻《ひが》んでいると指摘されたグラジオも決して醜男《ぶおとこ》ではない。

むしろ美女ですら引け目を感じるほどの完璧な造形を持つアドニスより、野性味と愛嬌を兼ね備えた赤毛の騎士を恋の相手に求める女性も数多《あまた》いるだろう。

「いやでも最初はびっくりしたんですよ、あいつから女に近づくなんて。いやリリアちゃんは女っていうのともまた違うんですけど」

「どう違うのよ」

ロザリエの問いかけにグラジオは真顔になる。そしてしばらく悩み、やっと口を開いた。

「……要保護動物？」

「答えが出たわね。おそらくアドニスにもそのように見えたのでしょう」

そして今も。ロザリエは山の方角に視線をやる。朝、リリアがなんとなくそわそわしていたのは気づいていた。

そこまではロザリエだって察していたのだ。

だが、朝食の後全員が揃っている場所でアドニスが山菜を摘《つ》みに行きたいと言い出してリリアに案内を頼んだ時「やられた」と思った。

自分も薬草を摘《つ》みに行きたかったのだと、癒《いや》し手がつかえながら告げた言葉が嘘でないことをロザリエは即座に察した。

氷の瞳をした騎士は、存外他人のことをよく見ているらしい。

「でもアドニスは会話が得意ではないですし？　ぶつかってきた子供相手に『謝られても困る』とか平気で言う男ですし？　リリアは私の話を聞くのが好きですし？」

「嫉妬が隠しきれてないっすよ姫様」

むしろ自分に言い聞かせるように言葉を紡《つむ》ぐロザリエにグラジオは冷静に突っ込む。

伯爵家のお転婆《てんば》な姫とその乳母の息子に戻った二人は軽口を楽しんでいた。

沢山の山菜と目当ての薬草を手にした残りの同居人が戻ってくるのは、それからしばらくしてのことだった。


レストは結局、引き継いだ祈祷書を売らずに焼却すると決めた。

「……父の亡骸《なきがら》は金に換えたのに、と悩みましたが……これぱかりは自分の代で確実に消し去るべきだと、そう思ったんです」

彼に反対する者は誰もいなかった。

騎士とリリアも見守る中、村長宅の裏庭で祈祷書は燃やされた。

空へ流れる白煙を見ながら、レストは「父さん」と一言だけ呟いた。

その後、グラジオが山で狩ってきた猪《いのしし》をアドニスが調理し、豪勢な食卓を皆で囲んだ。

一人で猪《いのしし》を仕留めることができるのかと驚くレストに、グラジオは余裕綽々《しゃくしゃく》な顔で頷く。

その後態だって狩れると自信満々に告げる赤毛の騎士に「父は魔物でなく騎士を目指すべきでした」と泣き笑いの表情で新村長は言った。

五人で腹いっぱい食べても猪《いのしし》料理は余った。

薬師《くすし》として働くミゼリにお裾分けをしようと言い出したリリアに、それはいいことだとレストとロザリエが賛同する。

リリアが自分が席を立つと、当たり前のようにアドニスも立ち上がり付き従う。

それは前ヴェイドが亡くなって以降見慣れた光景だった。

金色の騎士は黒髪の癒《いや》し手に馴《な》れ馴《な》れしく話しかけることはなかったが、彼女が一人きりで村を歩くことは絶対にさせなかった。

当初は居心地の悪さと申し訳なさが同居したような顔でおろおろしていたリリアも、最近は申し訳なさそうな顔はしつつも、頭を下げて礼を言い、厚意に甘えられるようになった。

そのことにアドニスが「礼は不要だ」と生真面目に返すため、リリアが再度困るという事態も発生したが、それはロザリエの「感謝は素直に受け取りなさい」という助言で解決した。

携帯用の器に入れた料理を運ぼうとする金色の騎士と、彼の手を煩《わずら》わせることにいたたまれなさそうな癒《いや》し手。そんな二人を、残る三人は見送った。

家の主人としてロザリエたちを茶でもてなしながら、レストは言う。

「……リリアに、優しくしてくださって有難うございます」

それはまるで妹を思いやる兄のような口ぶりだった。だがそれだけではない。

たとえリリアが許したとしても、加害者の息子としての罪悪感は今でもレストからは消えない。

おそらく彼とリリアの人間的な相性はいい。

元村長が疑心暗鬼に陥って実の息子を村から追い出さなければ二人は恋仲になったのかもしれない。

レストがリリアを村人や父から守り、二人で村を出る道もあったのかもしれない。

そんなことをロザリエは一瞬だけ思った。けれどそれはあくまで勝手な想像だ。

レストは村長としてこの村に残るし、リリアは自分たちが連れ出す。だいぶ長居したがその時は間もなくだ。

村は大きく変わることだろう。少なくとも村人たちの環境は大幅に変わる。

彼らに無償奉仕をする癒《いや》し手がいなくなるのだから。

骨折が即日完治することは有り得なくなる。病も傷も回復するのに時間がかかる。

老人は体力がない、完治まで体力がもたず亡くなる可能性だってある。

ミザリの薬師《くすし》としての知識と腕前は正直優れているわけではないが、この規模の村なら薬師《くすし》がいるだけで有難いものだ。

だからこそ村長であるレストは父の亡骸《なきがら》を売ってまで金を集める必要がある。

それを村人たちがきちんと認識すればいいのだが。正直そんな賢い連中だとは思えない。

だが、そのことについては村で暮らす者たちが考えるべきことだ。自分たちが常駐して管理するわけにはいかないのだから。

レストの立場を気の毒だとは思う。たまにならこの村に顔を出すこともやぶさかではない。

けれどそう同情的でいられるのは彼がこれまで一度もリリアに縋《すが》ったりしていないからだ。

そしてリリアが村から去ることを知った老人たちに、村長である彼が責められ突き上げられていることも知っている。

どんな方法を使っても彼女を村に引き留めろと聞くに耐えない言葉で急《せ》きたてられても頷かなかったことも。

その心の強さを尊敬しながら、危うさも感じる。

「僕が言える義理ではないですが、彼女をよろしく頼みます」

「ええ、全力で。私たちは彼女を守ります」

苦しげな顔で頭を下げる村長に言葉を返しながらロザリエは思う。

この村では善良な人間ほど辛そうな顔をしていると。


「この村の年寄りどもが今更改心すると思います？」

すっかり拠点と化した診療所に戻るなりグラジオはロザリエに言う。

感情的な声ではなかったが、赤毛の騎士は確かに上司である彼女を非難していた。

「それは私たちが決めることではないわ」

「だが判断はできるでしょう、俺は無理だと思いますね。老人は生き方も考えも変えられない」

「けれど、変えなければいけない」

リリアがこの村から去ることは決まっている。

村長がレストになったように、この村の治療役も薬師《くすし》のミゼリに切り替わる。

この村で暮らしていくならその変化を受け入れなければいけない。

ロザリエの説明は非常にシンプルだった。

けれどグラジオの顔に納得の表情は浮かんでいない。

「自分たちに不都合な変化を奴《やっこ》さんたちが許すとでも？」

「私たちがリリアを連れていくのに彼らの許しが必要とでも？」

二人の視線と言葉がぶつかり合う。

ロザリエの目力も語る言葉も傲慢《ごうまん》なほど強い。

けれどグラジオも瞳を逸《そ》らすことはなかった。

「癒《いや》し手は連れ出す。俺もそのことには反対していません。むしろ賛成している」

「そうね。貴方《あなた》は確かによくやってくれているわ。リリアを守る盾として」

グラジオが担う、リリアのもとに訪れる患者の選別。あれは暇潰《つぶ》しに来る老人を追い払うだけでなく、リリアに残留を求める連中の侵入を阻止する意図もあった。

ロザリエは、ヴェイドの死を告げるのとほぼ同時にリリアが村から去ることを公表した。

その場にリリアはあえて同席させなかった。村の連中の抗議が彼女に集中することが目に見えていたからだ。

ロザリエは自らの身分を明かし、貴族という権力者であること、そして騎士として武力にも優れていることを誇示した。

実際に巨大な魔物を容易《たやす》く切り伏せたアドニスを伴った彼女の宣言に、表立って反対の声を上げる者はいなかった。

同情を乞《こ》うような発言はちらほらと見られたが女騎士は黙殺した。

老いた村人たちにとってロザリエは冷徹で傲慢《ごうまん》な女王に見えたことだろう。

だがそうでなければ村人たちは好き放題に彼女を罵倒したに違いなかった。

村人たちの言葉を素直に受け入れ、彼らの役に立つよう努力する意思があった癒《い》し手の精神をその尽きない欲望と我儘《わがまま》ですり潰《つぶ》したように。

だからこそロザリエは村人たちに冷徹に接することが正しいと判断したのだ。

「村を出ることはリリアの意思でもあるわ。けれどそれを表立って村人に知らせればどうなるかはわかる」

ロザリエや騎士たちが矢面に立っている現在ですら、リリアと二人きりで話すことを望む村人は少なくない。

彼女を『説得』すれば村に残留させられると思っているのだろう。

村人たちは自分たちが今まで好き勝手に利用し虐《いじ》めてきたリリアをまだ格下の存在とみなしている。ロザリエたちが癒《いや》し手の価値について説明した後でもだ。

おそらく教会が聖女として擁立している癒《いや》し手を連れてくれれば、村人たちは平伏し崇《あが》めるだろう。

しかし同じ癒《いや》し手であっても、気弱で臆病なリリアなら自分たちが使役する側に回れると思っているのだ。

当然そんな考えをしている住人と二人きりにさせるはずもなく、リリアが治療を行う場には騎士の誰かが必ず同席していた。

「村人たちがレストやミゼリを脅《おど》してリリアを説得させようとする可能性もありますけどね」

「二人とも充分に大人よ。それに脅《おど》されてもそんなことはしないでしょう」

レストは父親がリリアに行った虐待について強く罪悪感を抱いている。

償《つぐな》いたいと思いこそすれ、自分の保身のためにリリアを売るようなことはしないだろう。

今回の祈祷書の件がその確信を強くした。この村にはもったいないほどに清い人間だと。

ロザリエの言葉にグラジオは頷いた。

「でもミゼリは？　あの薬師《くすし》の姐《ねえ》さんはどうなんです」

直接リリアに危害を加えなかったとはいえ、魔物と化した村長に仕え続けていた過去がある。

自分の命惜しさの行動だと思えば非難する気にはなれないが、信用できるかといえば話は別だ。

「詳しいことまではわからないけど、この村でやることがあるのだそうよ。ああ見えて、意思は固いみたいね」

「ぶっちゃけ若い人間はこんな村なんて捨てて自由になったほうがいいと思うんですけどね」

特にレストなどは我儘《わがまま》老人たちの介護に数十年を費やすのが目に見えている。

そう口を尖《とが》らす赤毛の騎士が彼の将来を憂えていることに気づき、ロザリエは優しいのねと呟いた。

「私だって二人が村を出たいというのなら止めはしないわ。求めるならある程度の援助をしてもいい」

「なら……」

「けれど彼らはこの村をどうにかしようと思っているのよ。それぞれ理由は違うかもしれないけれど、どちらも強い意志だわ」

この村がいい意味で変わるのか、それとも現状のまま衰退するのかはわからない。

老人たちの身勝手さと新村長の若さと誠意、薬師《くすし》の思惑、それらが衝突した結果残るのはなんなのだろうか。

自分たちがこの村を去るまでにおそらくもう一波乱はあるだろう。老人たちが最後の悪あがきをする可能性もある。

その結果次第で何かがまた変わるかもしれない。

「けれどリリアが村を出るという意思は変わらないでしょうね」

加害者である村人たちが思うよりもずっと、彼女の心の傷は深い。

今までの行いを謝罪されたとしても簡単に癒えるものではないだろう。

そうロザリエは話を締めくくった。

第五章　薬師《くすし》と癒《いや》し手の絶望

「ごめんなさい……私がミゼリさんの様子を見に行きたいと言ったばかりに……」

「別に頼まれてしていることではない。謝られても困る」

「……はい」

失敗した。そうアドニスは内心溜息を吐いた。

今彼はロザリエやグラジオと別れ、リリアと村の外れへ歩いている。

そこには村の新しい治療役となるミゼリの仕事場があった。

建物自体は彼女の母親が生きていた時代から存在していたらしい。

だが癒《いや》し手エルシアが村に現れたことにより治療役としての仕事はなくなり使われなくなった。

そんな中、癒《いや》し手の治療を頑《かたく》なに拒《こば》んだヴェイドだけは薬師《くすし》の存在を必要とし、ミゼリを半ば強引に慰留したのだという。

もっとも、彼が魔物になった後は身の回りの世話をさせる使用人としての業務が主だったようだが。

　色々と皮肉なものだと思う。そしてそれを皮肉程度にしか感じないのはアドニスが『部外者』だからだ。

「あの、私、ミゼリさんにも頼まれたわけでは、なくて……」

「ああ」

「……迷惑、でしょうか」

　それは自分にはわからない。アドニスはそう言いかけて呑み込む。

　きっとそのまま告げたら彼女は気の毒なぐらい委縮するだろう。

　長年未熟者扱いされてきた彼女は『自信』を持つことができない。何をするにも怒鳴られてきたせいで後天的に消極的な性格になっているのだ。

　そのため自分の意思で何かをすることも、自発的に意見を述べることもリリアに強い負荷を与えてしまう。

　相手の反応に強く怯《おび》えるのもそのせいだ。

　ある意味リリアは病人であり怪我人である。体ではなく心が痛めつけられてきた。

　きっとそれは、癒《いや》し手の奇跡の力でも癒《いや》せない。

『彼女の行動や発言を否定しない、常に強い味方をそばにつけて安心させる、きつい言葉で話さない、当面はそれで様子見ね』

以前ロザリエから指示された方針を、アドニスは改めて思い浮かべた。

リリアは飼い主に虐待された犬や猫に似ている。

今周りにいるのは自分を虐待する者ではないと彼女が理解できるようになるまで時間が必要なのだ。

『それだと今度は自分をお姫様だと思い込んで増長するんじゃないですか？　本来ならお姫様気取りでも問題ない立場ですけど』

やる気のなさそうに質問するグラジオの顔が浮かぶ。

その発言を耳にした時、何故か少し腹が立ったのを覚えている。

彼女がそんなことになるわけがないと言い返そうとして、ロザリエがそれを遮《さえぎ》った。

『そうならないように見守り育てるのが私たちの役目よ。……リリアのことは十歳の少女だと思いなさい。彼女が苦痛を受け続けた十年の時間はなくならないけれど、これからの十年で上書きすることはできるわ』

ロザリエの言葉に彼女はそこまで先を見据えてリリアを迎えるつもりだったのかと驚いた。

だが癒《いや》し手の価値を考えれば長くそばに留めたいと考えるのは当然だろう。

そしてさして年齢が離れているわけでもないロザリエが彼女の姉のように振る舞っている節があるのに納得した。

年齢こそ立派に成人しているが黒髪の癒《いや》し手には庇護《ひご》者が必要なのだ。少なくとも心の傷が癒えるまでは。

アドニスはその役割を担うことに不満は全くない。だが武力としての盾にはなれるが、心まで寄り添うのは、不器用な自分には難しいと感じた。

ロザリエの治療を受け持った時のリリアの凛《りん》とした表情を覚えている。癒《いや》し手としての強い芯が、内気で臆病な心の奥にしっかりとある。

そのことを知っているから、アドニスはリリアに尊敬の気持ちを抱いている。

だが今それを伝えても、彼女は困ったような顔で恐縮するだけだろう。

ロザリエのようにもっと他愛のない会話を重ねて打ち解けるべきなのだ。

そのようなことを考え、さてどう返答しようと悩む。

ミゼリとリリアの関係は複雑だ。

村での立場を奪われたミゼリと、奪った者の弟子であるリリア。

前村長に必要とされていた薬師《くすし》と、前村長に虐待されていた癒《いや》し手。

ヴェイドが死に、癒《いや》し手が去るこの村で、ミゼリは堂々と薬師《くすし》の役目に戻るという。

癒《いや》し手から役目を取り返したという気持ちなのかもしれない。少なくとも、純粋な村人への奉仕精神ではないだろう。

彼女が何を考えているのか、アドニスにはわからなかった。

◆◆◆

「あの、私、ミゼリさんにも頼まれたわけでは、なくて……」

その続きが出てこない。

どうして、言葉が喉の奥で引っかかってしまうのだろう。アドニスが怖い人でないことはわかっているつもりなのに。リリアは自己嫌悪した。

こんなことなら無理して話題を出そうとしなければよかった。

中途半端に言いかけられても困らせるだけだ。

「……迷惑、でしょうか」

更に意識せずそういった言葉が口から零《こぼ》れた瞬間、リリアは舌を噛み切りたくなった。

どうして言いたいことは言えないのに、ネガティブな言葉はぽろぽろと出てしまうのだろう。

リリアは気づかれないように隣を歩く騎士に意識を向ける。視線は正面を向いたままだ。

人と目を合わせるのは怖い。

いや、人間が近くにいること自体が本当は怖い。相手が誰であってもだ。治癒行為をしている時は気持ちを切り替えているが。

それに気づいたのは皮肉なことに、自分を守ってくれる人たちが現れてからだった。

村人たちはリリアの気持ちなど当たり前のように無視をする。

そして嫌がってる雰囲気を出せば容赦なく怒鳴りつける。

だからリリアは考えることをしなくてよかった。何をしようとこれ以上嫌われることがないからだ。

ただ従うだけの人形でいたほうがいい。

そう思って自分の感情を抑えつけて生きてきたところに現れた光。

高貴で包容力のあるロザリエ、良い意味で軽い雰囲気と同時に頼りがいを感じさせるグラジオ。

そして金色の騎士アドニス。彼について、リリアはまだよくわかっていない。

優しい人なのだとは思う。料理がとても上手だ。毎日食事を作ってくれる。

それはロザリエに供する分のついでなのだろうけれど、それでも嬉しい。

彼はグラジオのように食事中に話しかけてきたりはしない。美味しいかとも聞かない。

ただリリアがうっかり量を多く食べてしまい後で具合が悪くなった時など、何も言わないが次回の食事の量が調節されていたりする。

それを有難い、嬉しい、優しいと思うよりも先に恥ずかしい、申し訳ないとリリアは強く思ってしまう。

でも彼に伝えるべきは謝罪ではなく感謝なのだ。『謝られても困る』が、アドニスの口癖なのだから。

いや口癖にさせてしまったのは自分の謝り癖のせいだ。リリアは自責する。そしてそれがよくないのだとまた落ち込む。

ロザリエやグラジオのようになりたい。アドニスが聞いたら全力で「やめてくれ」と言いそうな願いをリリアは抱く。

一足飛びに快活な人間になる方法が知りたい。

これから先も、ロザリエやアドニスたちのそばにいさせてほしい。だから彼らに負担をかけるような自分ではいたくない。

近いうちにリリアはこの村を捨てる。

でも結局村人たちには恨《うら》み言の一つも言えないまま、村から去ることになるのだろう。

それは傷ついた己の心を村に置いていくのと同等の行為にリリアには思えた。

リリアはこの村の人間のほとんどが嫌いだ。今はもうはっきりと自覚してしまっている。

だからこそ、今後治療役を受け持つミゼリが気になって仕方がなかった。

自分の代わりという考え自体が傲慢《ごうまん》なのはわかっているから、決して口に出したりはしないけれど。

彼女についてはエルシアが村にいた頃からあまり印象が強くない。

リリアが癒《いや》し手となって連日押しかけてきた村人たちの中にはいなかった。

だからてっきり村から出たのかと思っていた。

もしかしたら村長宅ですれ違うぐらいはしていたかもしれないが、ロザリエたちが訪れる前までは常に過労状態で頭がぼんやりとしていたため記憶が曖昧だ。

村長の死後、アドニスが自分たちに彼女を紹介したのはさすがに覚えている。

これまでは村長の身の回りの世話をしていたが、癒《いや》し手が村を去るのなら薬師《くすし》の仕事を再開するつもりがあると語っていた。

自分がそれについて、どうコメントしたか覚えていない。まともな返事すらできていなかったかもしれない。

ただ、『有難うございます』も『申し訳ありません』も『よろしくお願いします』も全部相応《ふさわ》しくない気がして悩んだことは覚えている。

ミゼリはリリアより年上で、物静かだがしっかりした印象の女性だった。

アドニスやグラジオ、ロザリエ相手にも物怖《ものお》じせずはっきりと自分の意見を述べていた気がする。

その夜ロザリエは、彼女ならこの村でもやっていけるわねとリリアに笑いかけた。

きっとその時も己は曖昧な肯定をしたはずだ。ロザリエの安心したような言葉に否定の感情が湧き出すのを抑えて。

この小さな村で大勢から連日非難を受け続けて、それでもその心を保っていられるものなのだろうか。

リリアだって最初からこんなにおどおどした性格ではなかった。

ミゼリさんもレストも、一緒に逃げましょう。そう口にするべきではと思う時がある。

村人に壊される前に、村を捨てて逃げようと。

でもきっと二人とも逃げないのだ。自分とは違って。

状況を説明されながらも当たり前のように村長職を継ぐと宣言したレストを、リリアは当初信じられないものを見る心持ちがした。

彼ならきっと今後も街で暮らしていけるだろうに。

この村に対し責任があると、レストもミゼリも強い目をして語る。もしかして自分に足りなかったのはその覚悟だったのだろうか。

いつまでもエルシアの弟子気分が抜けないから、村人たちの強い言葉に簡単に屈してしまったのか。

リリアにはわからない。レストとミゼリが今の気持ちと強さを持ち続けられるかもわからない。

けれど彼らの心が曇《くも》る日がこないことをリリアは願う。

だがレストはともかくミゼリに対しては、やけに嫌な予感がした。

彼女自身にではなく、彼女に対して村人たちがどのような態度を取るのか、だ。

同じ女性で、治療役で。自分と重なる部分が多いからより不安になるのだろうか。

だからリリアは、何かと理由をつけてミゼリのもとに通うようになった。己が彼女に歓迎されていないことを薄々知りながら。

だから迷惑なのだろうかと、うっかり口に出してしまった。アドニスは無言だった。返答に困ったのだろう。

その表情が少し怒っているように見えて、腰の辺りが恐怖でぞわぞわとする。けれど違う。困っているだけなのだ。

アドニスがどのような性格なのかはわからないが、優しい人なのは間違いない。そして多分不器用だ。料理はとても美味しく作れるけれど。

優しい人だとわかっていて、けれどそれでも、リリアの意識とは別のところで恐怖を感じてしまう。傷つけられたくないと。

いっそ何もかもなかったことにして、まっさらな身と心で出会いからやり直してしまえたら。

そう思いはしても、やはりリリアは彼が今自分の隣にいることを有難いと思った。確かに、思ってはいるのだ。

「何か御用でしょうか、癒《いや》し手様」

冷え切った表情で、薬師《くすし》ミゼリは二人を迎える。

臆病なリリアは、彼女の態度に委縮した。

「あの、急に伺って、申し訳ありません……」

「謝罪ではなく用件を伺いたいと申し上げております」

「おい、そんな言い方は……」

ないだろう。そう言いかけてアドニスは口を閉じた。

ミゼリが金色の騎士に向かって黙るようにというジェスチャーをしたからだ。

それは無礼なことではあったがアドニスは責めることをしなかった。ただ深い瞳でじっとミゼリを見る。

「ミゼリさんは……大丈夫、ですか？　何か辛いことは、あり、ませんか」

そう途切れがちながらもリリアは用件を口に出す。

「大丈夫です。問題はありません」

「大丈夫って、ことは……その、やっぱり……」

ミゼリの返答にリリアは何故かますます不安そうな表情になる。

アドニスはそれを単純に訝《いぶか》しんだが、ミゼリは困ったように溜息を吐いた。

「……確かに物言いがすぎたり無茶を言い出したりする患者はいます。けれど私はただ仕事で治療を行っているだけですので、そういった相手の治療は謝罪があるまで拒否します」

あっさりと宣言した薬師《くすし》に、癒《いや》し手は目を大きく見開いた。

「人でなしとか、癒《いや》し手様とは大違いだとかは言われますけどね。今更すぎる話です。

私は村中から酷使されている貴女《あなた》を無視していたのだから」

平然と言うミゼリの表情には罪悪感も露悪的な笑みも浮かんでいなかった。

「私は目的があってこの村に薬師《くすし》として残ります。貴女《あなた》の身代わりというつもりはありません。むしろ貴女《あなた》はさっさと村からいなくなってくれたほうが助かります。患者がいくら比較して私を見下そうが、肝心の癒《いや》し手が村にいなければ酸《す》っぱい葡萄《ぶどう》にすぎませんから」

ふてぶてしいほど堂々と告げるミゼリの逞《たくま》しさにアドニスは若干引きつつ感心する。

けれどリリアの心からはまだ不安が消えないようだった。

癒《いや》し手と薬師《くすし》の会話は短時間で終わった。

帰り際、ミゼリがリリアに分厚い書物を手渡す。

「もう写し終わりましたので。貸していただき有難うございます」

その台詞《せりふ》にリリアが驚いた表情を浮かべた。

すごいですねという称賛の言葉がその唇から漏れたが、随分と小さなものだった。

いやリリアの言葉は大抵そうなのだが。

「別に。全ての薬術ではなく必要な分だけを書き写しただけですので。癒《いや》し手様の御力とは比べものになりません」

薬師《くすし》は淡々と返す。それに癒《いや》し手は苦しげな顔をした。

ミゼリからリリアに渡された書物はエルシアの残した薬術書だ。

あのリリアが自らミゼリに貸し出しを提案したものでもある。

半ば癒《いや》し手の護衛係となっているアドニスは二人のやり取りを最初から見ていた。

いかにエルシアの残した文献が貴重なものといえど、薬師《くすし》相手に薬術書を貸そうかというのは失礼に当たるのではないか。

そう神経の細い黒髪の癒《いや》し手は散々悩み、それでも結局貸し出しを提案した。

ミゼリは喜色満面とはいかなかったが、特に気分を害した様子もなくリリアに礼を言った。

この二人の相性はおそらく悪くない。金色の騎士は思う。

相手の反応を窺《うかが》いすぎるリリアにはミゼリぐらい淡々としていたほうが負担は少ないのかもしれない。

「本当に参考になりました」

「それは、その、よかったです」

「もし頼りたいことがありましたら私から伺いますので」

だがやはり彼女は主張がはっきりとしすぎている。

今の発言は、暗に『だからもう来るな』と言うのと同じだ。アドニスにわかるのだからリリアが気づかないはずもない。案の定、彼女は青褪《あおざ》めて固まっている。

だからといってアドニスがミゼリに言い返せば、委縮するのはリリアのほうだ。

「き、今日は帰ります」

金色の騎士はわずかに驚きを浮かべた。今回はリリアも言い負けてはいない。いや勝ち負けではないのだが。

ミゼリがわかりやすく溜息を吐いた。リリアがそれに小動物のように怯《おび》える。

「癒《いや》し手様が心配するほど、私は弱くありません」

理不尽な患者への対応も理解している。だからもう様子を見に来なくても大丈夫です。

まるでしつこく纏《まと》わりつく子供を追い払う母親のように薬師《くすし》は年下の癒《いや》し手との会話を打ち切った。

帰り道、癒《いや》し手と騎士は無言で歩く。

診療所が目に見える位置まで来た時にとうとうアドニスは口にした。

「本人があそこまで言っているのだから、任せてみたらどうだろうか」

騎士の言葉にリリアは目を見開く。迷いの表情を随分と長いこと浮かべ、そして目を伏せて呟く。

「……私も最初は、大丈夫、自分はやっていけるって、思っていたんです。だからどうしても、安心できなくて。……私のほうこそ、治療が必要なのかもしれないですね」

奇妙な冷静さと癒えない傷を同時に抱えるリリアに、アドニスは出かける時は必ず己を呼ぶようにと告げることしかできなかった。

◆◆◆

癒《いや》し手と騎士を追い払うようにして別れた後、ミゼリは迷惑そうな顔を隠さずに一人の患者の治療をしていた。

もう診療時間は終わっている。それでも大の男が建物の前で痛い痛いと騒ぐから仕方なく中に入れた。

それがそもそもの間違いだったのだ。後になって悔やんでも遅かった。

この男は暴言を繰り返す厄介な患者だった。

お前みたいな偉そうな半端者はいらない。村には既に癒《いや》し手がいる。リリアに残るよう頭を下げてお前は村から出ていけ。

そう言われるのは初めてではなかった。

——その癒《いや》し手の診療所から門前払いを食らってここまで来たくせに。

その言葉を毎回飲み込みながらミゼリは男の治療をした。治療というほどのものでもない。

既に癒《いや》し手の治療で完治しているはずの鼻が痛むと言い張るから軟膏を塗ってやっただけだ。

爽快感のある香りのハーブを混ぜ込んであるので塗るとスースーする。それだけのもの。

当然それ以上の薬効などないに等しいが、そもそも詐病《さびょう》だ。

問診したところ、常に激痛を感じていると主張するわりに夜はぐっすり眠れているという。

睡眠に配慮してくれるような都合のいい激痛があってたまるか。ここの村人は嘘が非常に下手だ。この男はその筆頭と言えた。

この愚かさは決して正直という美徳からくるものではなく、頭を深く使わずに生きているというだけのことだ。

村の治療役の立場に戻って驚いた。この十年で随分と皆頭が足りなくなっていたからだ。

それはリリアを利用し村人を甘やかし続けたヴェイドのせいかもしれないが。

ミゼリにとって、癒《いや》し手の出現で今まで頼っていた薬師《くすし》をあっさりお払い箱にした村人たちに仲間意識はなかった。

だからこの惨状に呆れはしても同情はしない。

きっと性根の腐り具合は自分もヴェイドも、目の前の男も似たようなものだ。

だが自分はその中では賢いほうだとミゼリは驕《おご》っていた。彼らが薬師《くすし》の己を軽んじられるのは癒《いや》し手がまだいる今だけなのだと。

リリアからできる限り薬術は学んだ。薬術書の書き写しを急いだので目の疲労が酷い。

けれどそれでも必要なことだった。

彼女に付き添う騎士の様子を見ても一刻も早く村から連れ去りたがっていることは明白だった。

リリアが村から去るまでもうすぐだ。

彼女がいなくなれば薬師《くすし》と村人、両者の立場は逆転すると楽観視していた。

今すぐにとは言わない。何年かけても老いた連中に自分を薬師《くすし》「様」扱いさせてみせる。

そのために、治療に関する知識は多いほうがいい。だから癒《いや》し手から恥ずかしげもなく薬術書を借りた。

それは復讐だった。かつて薬師《くすし》を癒《いや》し手より格下と切り捨てた村人たちへの。

癒《いや》し手にも若い新村長にも告げていない、これがミゼリの歪《ゆが》んだ計画だった。

けれど己の暗い欲望にミゼリは内心浮かれていたのかもしれなかった。

お前などいらない、村には癒《いや》し手がいる。飽きもせず喚《わめ》きたてる男を薬師《くすし》は鼻で笑って言った。

「でも癒《いや》し手は間もなくこの村を捨てるけれどね」

その言葉を聞いた男は激昂した。

「……ッ、調子に乗るんじゃねぇぞクソ女が!!」

老いているとはいえ襲い掛かる男の力に抵抗できるはずもなく、首を強く絞められる。

ミゼリはこの時になって初めて、何故リリアがあれだけ言葉を発することを恐れるのか『実感』した。

そして死の恐怖を感じ、護身用に隠し持っていた痺れ薬を塗った針を男に刺した。そのつもりだった。

けれど針は薄く浅く男の皮膚の表面をひっかいて終わった。

人間とは己で思ってるほど賢くはないのだ、そう自嘲しながら薬師《くすし》の意識は途切れた。

◆◆◆

「リリアちゃんはお師匠様と比較されて、新任の薬師《くすし》はリリアちゃんと比較されて……やること変わんねーのな」

あいつら、馬鹿じゃねぇの。そう赤毛の騎士は呆れたように悪態を吐いた。

食卓は豊かだが酒の類はない。

けれどまるで酔っ払いのようにグラジオは文句を垂れた。

「おやめなさい、せっかくの食事の味が落ちそうな話題は」

ロザリエが上品に口を拭きながら年上の部下を窘《たしな》める。

ミゼリのところから戻ってきた癒《いや》し手と金色の騎士が拵《こしら》えた夕食だ。

調理が趣味でこだわりを持つアドニスがメインシェフをつとめただけあり、素朴ながらも品のいい味わいのものが並んだ。

長い過重労働で疎《おろそ》かになっていたリリアの料理の腕も、彼の手伝いをすることにより以前の慣れた手つきに戻りつつあった。

「まあそのミゼリって薬師《くすし》さんは強い女みたいだから大丈夫だろ」

グラジオがそう言葉を締めるとリリアの表情がわずかに曇《くも》る。

しかし反論することはなく黙って食事を続けた。

強い女、とロザリエが一人呟く。騎士団の長である彼女もそう呼ばれることが多い。

あくまで『女』としては上出来の部類だと評価されている気がしてあまり好きではないが、目くじらを立てるほどでもない。

今回この村を訪れるきっかけとなった件を考えれば、王都では今頃「所詮女だったか」と嗤《わら》われている可能性も否めないが。

「……強いと思っているだけの可能性もある」

食事時は必要以上の会話をしないアドニスの言葉に、全員が驚きの表情を浮かべた。

特にリリアは小動物のように目を見開いて固まる。

「村人たちの改心が望めないというのなら、せめて俺たちが村にいる間くらいは気を配っても無駄にはならないだろう」

そう語り終わるとグラジオがうんざりしたように溜息を吐いた。

「あいつら根本的に図々しすぎるんだよ。なんでろくな対価も払わずにあんな好き放題言えるんだ？　お前らは評論家か、それとも学者か？　王にでもなったつもりか？　ただの暇人だろうってんだ」

近頃門番の真似事をしているせいか赤毛の騎士はますます村人への評価が辛辣《しんらつ》になっている。

「まあリリアちゃんは優しいから言われっぱなしだったろうけど、あのミゼリって薬師《くすし》はきっぱり断るって言ってるんだろ？」

「ええ、暴言には謝罪があるまで治療を拒否すると……」

「いいねいいね、それぐらいしなけりゃ奴らは学習しねぇよ」

特に俺が鼻を折った奴は最後まで馬鹿だった。

話題が物騒なほうへ行くのをロザリエが窘《たしな》めようとした時、診療所の戸が打ち鳴らされた。激しく何度もだ。

同時に二人の騎士が席から立つ。

「俺が出る、二人は奥へ」

そうグラジオが言い、扉を開けないまま問いかける。

「こんな時間に誰だ？　せっかくの食事を邪魔されて、俺ちょっとご機嫌ななめだぜ」

言葉こそユーモアがあるがその声は厳しい。

外から聞こえるしわがれた男の声はそれに謝罪もせず叫び出す。

「リリアを、癒《いや》し手を呼んでくれ、薬師《くすし》が、ミゼリが患者を刺しやがった！　毒を塗った剣でだ！」

グラジオは目を丸くした。

診療所の戸を開けようと動くリリアをアドニスが力ずくで制止する。

「落ち着け！　罠の可能性がある！」

「罠でも、傷ついている人がいます」

普段の臆病さが嘘のように癒《いや》し手は毅然《きぜん》として騎士に告げた。

しかしその顔は病人のように蒼白だ。

「グラジオさん、扉を開けてください」

「……リリアちゃん、本当にいいのか？」

「お願いします」

確認するような赤毛の騎士の問いかけにも癒《いや》し手の言葉は揺るがない。

溜息を吐いて、門番は戸を開けた。

雪崩《なだ》れ込むように入ってこようとした男を赤毛の騎士はその逞《たくま》しい腕で止める。

「それで、怪我人はどこだ」

「ミゼリさんはどこですか」

二人の発言はほぼ同時だった。思ってもみなかった言葉に、グラジオはリリアを凝視する。

けれどその間にも癒《いや》し手は言葉を紡《つむ》いでいく。

「彼女が毒物を使って他者を害したというのなら、どのような毒か確認する必要があります」

「い、いやあの女は興奮していて危ないから癒《いや》し手様には会わせられねえ、それよりも」

「私は彼女に嫌われていますが、今まで身の危険を感じたことは一度もありません」

グラジオと同じように戸惑っていた村人はリリアを懐柔《かいじゅう》しようとする。

だが顔色こそ緊張で白くなっていくが彼女の声と追及はますます鋭《するど》いものへ変じていった。

「ミゼリさんに刺された人はどこですか」

「俺だよ俺！　見てくれよこの傷をよぉ……」

中年男が包帯を巻いた腕をわざとらしく見せびらかす。

またお前かよ。うんざりしたような赤毛の騎士の声が聞こえた。

以前診療所を訪れ、グラジオに鼻を折られた男だ。

ようやくリリアに声が届く距離に近づくことができた男は下卑《げび》た笑みを浮かべ喚《わめ》く。

「やっぱりあの女じゃ駄目だ！　リリア、優しくて腕利きのお前さんじゃないとこの村の癒《いや》し手はつとまらねえ！」

「私は優しくないです、だってあなたを二度と治療したくない」

「……は？」

「ミゼリさんに会います。どこにいるか教えてください。本当にミゼリさんが刺したのなら理由を知りたい。それに、無事か知らなければいけない」

「何言ってやがるリリア、お前イカレちまったのか⁉」

中年男が癒《いや》し手の肩を掴もうと伸ばした腕を、金色の騎士が握り潰《つぶ》すようにして止めた。

派手な叫び声が辺りに響き渡る。元気なことだと赤毛の騎士が奇妙にのんびりした調子で言った。

ロザリエの凛《りん》とした声が男の叫びと呻《うめ》きを断ち切るように告げる。

「戦闘経験のない非力な女性が、護身用の短剣に毒を塗るのは考えられることよ。でも、どうして彼女が剣を抜く事態になったのかしらね」

静かな問いかけに男は目を逸《そ》らした。

彼女のもとへ行きます。幽霊のようにふらりと、しかし女神のような底冷えのする威圧を纏《まと》いリリアが外へ出る。

「ミゼリさんまで、私の次まで、酷い仕打ちを受けるなら、この村に治療役なんていなくていい」

そして酷い人たちだけで暮らして勝手に潰《つい》えてしまえばいい。

まるで幼子のような言葉で、リリアは初めて村に呪詛《じゅそ》を吐いた。


先ほど訪ねたばかりの場所に戻ってきたリリアは、その光景を見て目を見開いた。

倒れている女性の姿を目の当たりにして膝を突く。細い首に濃い指の跡を見つけ、ぞっとした。

けれど触れるとちゃんと呼吸をしている。おそらく首を絞められてすぐに気を失ったか、そのふりをしたのだろう。

そう推測して一瞬安堵する。しかしだからと言って軽傷なわけではない。

彼女の顔は酷く腫《は》れていた。殴られたのだろうとリリアは思った。

そのせいで患者の全身は酷く熱を持っている。

ミゼリに癒《いや》しの力を使いながらリリアはおそらく犯人である男を睨《にら》んだ。

(私の診療所に来て、彼女に襲われたと騒いだ男だ。診療所の、元常連だ)

俺の治療を先にしろと言いながら、男はミゼリの住居までついてきた。

アドニスやグラジオが男に何か言っていた気もするけれど内容をリリアは思い出せなかった。

「……これは、あなたがやったんですか」

道中無視していた相手にリリアは話しかける。

「なんだよ、まだ死んでないだろ、治せよ」

まるで不貞腐《ふてくさ》れた子供のような返事に、黒髪の癒《いや》し手は驚愕《きょうがく》する。

ぬいぐるみを乱暴に扱って壊してしまったというくらい軽く、母親に甘ったれて、早く直せと命令する子供そのもの。

その態度に幼かった頃の自分をリリアは思い出した。

もしかしたら、自分がこの男をこうしてしまったのだろうか。

癒《いや》し手の力があれば『なんでも治せる』と。人を傷つけても『簡単に治せる』と思わせてしまったのだろうか。

リリアは考えながら力を使い続ける。不思議なぐらいに疲れを感じない。

ただ頭が酷く重くて、熱くて痛くて。何かを思い出しそうになって不安になった。

(ミゼリさんは絶対助けるけれど。本当にそれだけでいいのだろうか)

私には癒《いや》し手として、責任があるのではないだろうか。

ミゼリの顔から腫《は》れが完全に引く。体を拭き冷やすための濡れた布が欲しいとアドニスに頼もうとして顔を上げると、暴行犯と目が合う。

「ほら、簡単に治った」

じゃあ俺のやったこともチャラだな。

男の声に頭を横合いから思い切り殴られた気がした。

――暴力は嫌い。生き物を壊す力は怖い。

――死んだ者は癒《いや》しの能力でも治せないから。私の両親がそうだったように。

――だからずっと怯《おび》えていた。私も先生と同じ力を使えるのに。

冷たい汗が首筋を流れるのをリリアは感じていた。体は凍り付いたように冷たい気がするのに心臓だけはどくどくと熱い。

――何も壊したくなくて、癒《いや》しの力しか使ってこなかった。

――でもエルシア先生は、あの時盗賊を殺したんだ。

――私と同じ光の力で。思い出す。忘れなさいと言われたのに。

盗賊に襲われて殺されたリリアの両親と、その盗賊を殺してリリアを救ったエルシア。あの時エルシアが使ったのは、癒《いや》しの力と根源を同じくする光の魔法。それは、人を害する力を持つもの。

思い出してしまう。リリアは頭を抱えたくなった。内側から爆発してしまいそうだ。

初めて会った彼女に、自分を救ってくれたエルシアに忘れなさいと言われた光景と言葉。

もしかしたらそういう魔法をかけられたのかもしれない。本当に忘れていた。両親が殺された直後の光景だというのに。

──先生は殺すことに罪悪感を持たない彼らは殺すしかないと言って、その通りにしたんだ。

だから私も、そうしなければいけない。

だって私も先生と同じ癒《いや》し手だから。

リリアは拳をぎゅっと握った。

◆◆◆

この日がきてもこなくてもいいように事を進めてきたつもりだった。

白銀の光を放つリリアの背を見て女騎士は思う。

リリアは臆病な心の奥底に不発弾を抱えていた。

それは彼女が村人に溜め込んだ怒り、鬱屈《うっくつ》といったもので構成されている。

それが爆発する可能性を、彼女を連れ出すと決めてからずっと考えていた。

先代の癒《いや》し手が魔法で凶暴な熊を屠《ほふ》ったという話を聞いてから、同じことがリリアにもできるのではないかと、ロザリエはずっと考えていた。

その規格外の光の力は回復だけでなく攻撃にも利用できてしまうのではないかと。

リリアの性格や意思で用途を治療のみに制限しているのではないかと思っていた。

ならば、彼女の『不発弾』はこの村で爆発させたほうが後処理は楽ではないか。

そんなことを考えて旅支度に時間をかけていたわけでは決してない。

そうではないが、やはりこの光景はこの村で見るべきものだった。

ロザリエは、治療が終わったらしいミゼリを比較的安全なところに移動させる。

その後グラジオに建物周辺の人払いを命じた。外から聞こえる声が増えてきたからだ。

赤毛の騎士に止めなくていいのかと目で問われたのでゆっくりと首を振った。

「本当にあんたはそれでいいのか」

若干怒りの表情を浮かべ、赤毛の騎士は出ていった。

彼の言いたいことはわかっている。

ロザリエがさっさと男の首を切り落として処刑してしまえばいいのだ。

それをせずリリアに手を汚させようとしているからグラジオはロザリエを蔑《さげす》んだのだ。
室内の薄闇を切り裂くように、リリアは全身から光を放つ。
普段の気弱そうな表情の代わりに、女神のような冷徹さがその顔を覆《おお》っていた。
「ごめんなさい、ごめんなさい、ごめんなさい、ごめんなさい、ごめんなさい……」
その唇からは淡々と謝罪が紡《つむ》がれ続ける。その声にロザリエはわずかな恐怖を覚えた。
そして恐怖を感じ取ることができなかった愚者は裁きを受けるのだ。
男はこの光景を見ても、何も状況を理解していないらしい。
馴《な》れ馴《な》れしくリリアの肩に触れようとして悲鳴を上げた。
光に触れた指先が完全に消失している。
なるほど。触れようとすると容赦のない裁きを受ける。そういう力か。
ロザリエは冷静に理解する。
本当にリリアらしいと思った。臆病さと非情さは同居できる。
喚《わめ》く男をリリアは疲れた母親のような顔で見つめていた。
その薄い両手がゆっくりと彼の首元に近づいていく。この世で一番優しいデザインの

ギロチンだ。

「ごめんなさい、あなたはもうだめです。あなたの考えは私にはなおせない」

だから、終わらせるしかないのです。

「……ごめんなさい」

言葉だけはいつもの気弱さのまま。

けれど癒《いや》しではなく断罪の光を放つリリアは、男の首にそっと触れる。

その時、リリアの頭上に風が吹いた。

同時にもうすぐ彼女の手が触れそうだった男の首が体ごと後方に吹っ飛ぶ。

派手な音を立てて壁にぶつかり崩れ落ちる男を、輝きを失った瞳で癒《いや》し手は眺めた。

「アドニス、今のリリアに触れては駄目！」

ロザリエの焦ったような表情と声を珍しいと感じながら、男を処刑しようとリリアが動き出す。

彼女の前に立ち塞《ふさ》がったのは、闇の中でも黄金に輝く美しい騎士だった。

「どいてください。アドニスさん」

立ち尽くしたまま言うリリアを、アドニスは憐《あわ》れむような目で見下ろす。

「お前はその男を殺したいのか」

「いいえ。でも、あの人は殺さないと駄目だから。間違えてしまったのは癒《いや》し手の責任です」

騎士の問いに答えるリリアの瞳はどこまでも暗かった。

その闇をアドニスの湖の瞳が真摯に見つめる。

「お前が望まないなら、しなくていい」

しなくていいんだ。幼子に言い聞かせるようにしてアドニスはリリアに繰り返す。

使命としての殺意を否定され、黒髪の癒《いや》し手の唇がやがて静かに震える。

その両手から白い輝きは失せていた。

「……したく、ないです。しなくていいなら、したくない……」

「ああ、しなくていい。……ロザリエ様」

「わかっている。……わかっているわよ」

私が完全に読み違えたわ。

そう早口でアドニスに返しながらロザリエは中年男に近づいた。

知らず自らの思想が暴力に染まっていたことを女騎士は恥じらう。

リリアの感情は、解消されないのだ。

悪人や己を虐待し続けた相手を肉体的に痛めつけても。

彼女の中にある怒りは爆発させるべきものだと、そして爆発させるならこの村でと思っていた。けれどその爆発で誰よりも傷を負うのは彼女自身だ。

怒りではなく、責任感で人を殺そうとするほどなのだから。

「ここからは私の仕事よ」

今更動き始めた者が語る台詞《せりふ》ではないと自嘲しながらロザリエは告げる。

アドニスの拳を受け、痛みに呻《うめ》く中年男を前に彼女は細剣《レイピア》を抜いた。

そしてそれをそのまま相手の手の甲に突き刺す。

男は大きな叫び声を上げた。

「痛い？　命に別状はないけれどね」

「ふっざけんな、てめぇ!!」

殴りかかろうとした別の手も同じように貫く。

男が完全に抵抗をやめるまでロザリエの細剣《レイピア》は彼の体を傷つけ続けた。いや抵抗をやめてもだ。

凄まじい速さで鋭《するど》い痛みを感じる部分を正確に狙って穿《うが》つ。

男の短い悲鳴が、ひっきりなしに部屋に響く。リリアは震えながらその光景を見ていた。

「大丈夫よ。死ぬ傷ではないから。それに今この場所には癒《いや》し手がいるもの」

そう男に優しく告げながらロザリエは微笑む。

「すぐに治してもらってまた同じ場所を同じ深さで穿《うが》ってあげましょう。それを繰り返すの。いいえ、もっと際どいところでもいいわね」

「や、やめてくれ。もう嫌だ、嫌だよぉ……」

「どうして？　治ったらチャラになるのでしょう？　貴方《あなた》が言ったのよ。まあ、治してもらったらすぐにまた傷つけるけれど」

「そ、そんなのただの……」

「ただの？」

「ただの、拷問じゃねぇか!!」

すぐ治るからと納得できるものではない、受けた痛みは消えない。もう痛い思いはしたくない。男は泣き叫ぶ。

「そうよ。いくら後で治そうが、傷つく時に、傷つけられた時に感じる痛みと絶望は消せないのよ」

ロザリエの瞳が業火のように揺らめき男を鋭《するど》く睨《にら》みつける。

「理解できたなら、捕縛され罰を受けなさい。でなければ理解できるまで拷問を続行するわよ」

男は血まみれの細剣《レイピア》を前に怯《おび》えながら頷いた。

「ミゼリさんは寝台で休ませて、暴漢は捕縛してひとまず村長に引き渡すわ。処遇は彼と相談します」

すっかり大人しくなった犯人を前にロザリエはてきぱきと呟く。

傷は癒さないままだ。止血はした。それで問題ない。指先以外は大した怪我ではない。

けれど男はロザリエが与えた痛みに心底恐怖しきっていた。

「もう二度と人を殴らない？」

「な、殴りません」

「そこに私がいなくても？　絶対？」

「絶対にしません!!」

彼の誓いがいつまで続くかは不明だが、現時点では本気で口にしているのだろう。

馬鹿で鈍感で体験しないとわからないだけで、この男は怪物でもなんでもない。

殺されても仕方がないが、どうしても殺さなければいけないわけではない。

こんなつまらない存在を殺すように、自分はリリアの背を押しそうになっていたのか。

それも、親切のつもりで。これが彼女の村人に対する復讐だろうと勝手に邪推《じゃすい》して。

この村での殺人なら自分が揉み消せると、彼女を守っている気になっていた。

先ほどグラジオが見せた、怒りと呆れが交じった表情を思い出す。

彼はロザリエの『勘違い』に気づいていたのだ。いや、彼だけでなくアドニスも。

耐えていた感情が爆発したのではなく、ただ癒《いや》し手としての義務感で手を汚そうとしたことを。

リリアの悲惨な過去から推測したロザリエと違い、彼は目の前にいるリリアの悲壮な覚悟を見て、そして止めた。

「ロザリエ様」

金色の騎士が室内から見つけ出したらしき縄を手に話しかけてくる。

それを奪い取るようにして女騎士は男を縛《しば》り上げた。

「いや、拘束は私がやるので……彼女に付き添っていただきたいのですが」

自分の力で立ってはいるがほぼ放心状態のリリアを、アドニスはそっとロザリエの前に突き出した。

この状態には見覚えがある。初めて獲物を殺した後の騎士もこうなることが多い。

自分がやったことへの衝撃に耐え切れず、奇妙にふわふわとした脱力状態になるのだ。

リリアは何も殺していないが、殺意を抱き実行しようとしたことで心に負担がかかったのだろう。

「……力を使いすぎて急激に疲労していると思われます」

リリアがぐったりとしながら頷く。

ロザリエは内心舌打ちしたくなった。駄目だ、自分は完全に驕《おご》っていた。同性だからと、リリアに三人の中で一番先に打ち解けたからと油断している隙にアドニスのほうがずっと彼女を理解している。

そんなことを一瞬悔やみながら女騎士は静かな表情で部下に告げた。

「いえ、私よりもアドニスのほうが今はリリアをよく見てくれているわ。貴方《あなた》が引き続き護衛をしなさい。私はこの男を別所に移送してくるから」

そう言ってロザリエが縛《しば》り上げた中年男を軽く蹴り上げた時だった。

「悪い、リリアちゃん……患者一人追加になっちまった」

そう不機嫌さを隠さない声でグラジオが室内に入ってくる。

その太い腕には頭から血を流し頬に痣《あざ》を作った若き村長を抱えていた。

村長であるレストを室内に押し込むとグラジオは再び表に出た。

ロザリエも同じように扉の外に立つ。

建物を囲むように村人が集結していた。

誰もが険しい顔をしている。

武器として使えそうな農具を抱えている者もいた。

その中の一人が怒鳴るように声を上げる。

「さっきからヨシアの殺されそうな叫び声がずっとしている！　どういうことだ！」

「中にいる男なら、女性を殴り殺そうとしていたから私が力尽くで止めた。それだけだが？」

あえて固い言葉遣いでロザリエが言い返す。あの中年男の名前をその時初めて彼女は知った。

かつて毒により異形の姿に変えられたものの、リリアの尽力で完治した彼女の顔はひたすら美しく、だからこそ冷たい表情が研《と》ぎ澄まされた刃のように映えた。

正義の女神のような冷厳さに対し、村人たちの何人かは狼狽《うろた》えた表情を浮かべる。

「女を痛めつけるのは平気でも、自分が痛めつけられるのには滅法《めっぽう》弱かったらしい。だから大騒ぎした。それだけのこと。……それよりも、この状況はどういうことだ」

ロザリエは厳しく言葉を返す。

「何故村長があんな姿になっている。この中の誰かが危害を加えたのか」

言葉と共にロザリエの瞳が鋭《するど》い輝きを放った。

先ほどまでの冷たさとは比べものにならない、その場にいる者全員が剣先を喉元に突きつけられるような恐怖を感じた。

しかしだからこそ誰も反応しない。

グラジオが普段の陽気さを完全に消して言った。

「俺を狙ったでかい石が、俺を庇《かば》った村長に当たった。一つだけじゃない。……俺は見ていたぜ、誰がやったかを。俺から言ってやってもいいんだぞ」

赤毛の騎士のそれこそ鈍器のような重い言葉に村人たちは沈黙する。

そろそろと手を上げる人間が出始めた。一人や二人ではない。ロザリエは呆れたように溜息を吐いた。

「理由は」

言いたいことなどいくらでもあるが、女騎士はあえて最初にその質問を選んだ。

よそ者が、好き勝手しすぎるからだ。そう小さく呟いた言葉は石を投げた連中のものではなかった。

「あんたらが勝手に来て、色々偉そうに……挙句リリアを連れていくなんて許せるかよ!!」

「どうせあいつの力目当てだろう！　後から来て横取りしやがって!!」

堰《せき》を切ったように村人たちが騎士たちに悪意を向ける。二人の騎士の感情は冷えていくばかりだ。

癒《いや》し手は物ではないという正論さえ告げる気にはなれない。

「新しい村長だってすっかりあんたらの言いなりだ！　村を守る気もない、そんな若造はいらねぇ!!」

「だったら、私が連れていきます」

凛《りん》とした声が、村人連中の濁《にご》った熱に冷水をかけた。

ロザリエのものではない、グラジオのものでもない。

「それならミゼリさんもレストも私が連れていきます。一緒に幸せになるの。いらないのは二人ではなく、あなたたちのほう」

金色の騎士に抱えられるようにしながら、けれど癒《いや》し手の眼差しには炎が宿っていた。

「勘違いしないで。アドニスさんもロザリエさんもグラジオさんも私を物のように扱ったりしなかった。あなたたちと違って、ちゃんと私の心を見ようとしてくれた」

そう村人全員に告げるとリリアは初めて悔しそうな顔をして、泣いた。

「いい加減にして……！」

十数年振り、いや初めて聞くようなリリアの強い口調に村人は一瞬狼狽《うろた》えた。

怒りを浮かべた顔で涙をぼろぼろと零《こぼ》しながら睨《にら》みつけてくる癒《いや》し手。

しかしそれさえも老いた民たちは、子供の癇癪《かんしゃく》とみなした。

「いい加減にするのはお前だ、リリア！」

「後ろに騎士たちがいるからって強気になって……アンタはこの村の子供なのよ！」

「今まで育ててやった恩を忘れたのかい！」

様々な、しかしどれも酷い言葉が投げつけられる。

騎士たちと知り合う前のリリアなら、怯《おび》え謝罪を繰り返すだけだっただろう。

いや、そもそも逆らうことすらできなかったはずだ。

己を支える金色の騎士の手が熱い。そう、癒《いや》し手は感じる。

その顔は氷で作られた彫像のように透徹《とうてつ》で美しいままなのに。

彼は自分のために怒ってくれている。そのことだけでリリアは心底安堵した。

自分が異常なわけではないのだと、自分の考えが間違っているのではないのだと。

そう、アドニスやロザリエ、グラジオたちは確認させてくれた。

村人たちに否定され続け、自分でも自分の意思や人格を否定しかけていた時に奇跡のように現れてくれた人たち。

そうだ、彼らがいるから強くなれるのだ。ただ村人の傷を癒《いや》すだけの、八つ当たりされるだけの『機能』ではなく。

怒ったり泣いたりする人間でいていいのだと己に言い聞かせることができたのだ。リリアは己の胸に拳を当て、声を出す。

「そうやって、いつも、いつも、そうやって……」

毅然《きぜん》と振る舞いたいのに、幼い子供のように言葉が喉でつかえてしまう。

我慢しすぎて固まった感情が、上手く出てきてくれない。

言いたいことがありすぎて、恨《うら》み言がありすぎて。

「いい加減にして、私を自由にして！　恩なんてもうない。もう、これ以上一緒にいられない。あなたたちは、私に酷いことしかしないから」

声を振り絞ってリリアは言う。

「言うことを聞かないと否定される、気に入らないと、酷いことをされる、私だって、ミゼリさんだって、レストだって」

年下の人間は年上の人間の道具でしかないのか。

ひたすら言うことを聞いて老いていかなければいけないのか。何十年も。

「村の人たちの奴隷になって、それで終わる、私たちの人生ってなんなの」

そんなのおかしいでしょう。

リリアの言葉に「なんだその言い方は」と老人から怒りの声が上がった。

以前リリアを杖で殴った男だった。

「男ができて思い上がりおった挙句、儂《わし》らを悪人扱いしおって！」

「いやいや、充分悪人でしょうよ」

もういいだろうと言うように、グラジオが室内から出てくる。

沈痛な表情を浮かべたレストを連れて。

彼の傷はすっかり癒えていた。先ほどすれ違い様にリリアが治したのだ。

「リリア……迷惑をかけてすまない」

「これ、こういうのがあんたらには欠落してるの」

言ってもわからないんだろうな。赤毛の騎士の言葉は冷たく、村人たちの処遇をどうするかを上司であるロザリエに求めていた。

そしてロザリエは、今度こそリリアを見ていた。

「リリア」

女騎士は癒《いや》し手に静かに呼びかける。

「私はきっとこの村人たちよりも傲慢《ごうまん》な人間よ」

「え……」

「だから貴女《あなた》がこの村人たちを殺せと言うなら、躊躇《ためら》いなくそうできる」

私は人間に格差をつけることができるから。

淡々とした声で伝えるロザリエにリリアは戸惑いの表情を見せた。

そしてそれ以上に村人たちに緊張が走る。

「私は……殺してほしいとは……願いません」

「そうね。ごめんなさい」

ロザリエの申し出を拒《こば》んだリリアに老人たちが安堵を浮かべた。

けれどそれだけで済まず増長する。

「そうだ、リリア。お前は良い子だ。そんな乱暴者に騙《だま》されず、ずっとここにいなさい」

「いいえ、それはできません」

「なんだと！」

だからそういうところだとグラジオが再度呆れた声を出した。

「価値観が違うんですよ。いつからこうなのかはわからないけれど、話し合いをしようとしても無駄骨になるだけだ」

そう言いながら赤毛の騎士は腰の剣に手を触れた。何人かが小さく悲鳴を上げ、後ずさる。

「弱い相手は殴る、強そうな相手からは逃げる。ゴブリンと同じだ。だがそれ以上に会話ができない」

「グラジオさん……」

「わ、私たちはただ、ヨシアの悲鳴が聞こえたから何かあったのかと思って……」

「急いで武器を持って現地集合？　そのわりにはどちらさんも落ち着いた呼吸で……それに男の悲鳴が聞こえ始めたのは、俺が表に出てからだったよなあ」

赤毛の騎士の面白がっているような声に村人たちは押し黙る。

「あいつがリリアちゃんを一人で連れ出すことに成功したら……全員で説得の『お手伝い』でもしたのか？」

そんな都合よくことが進むはずがないだろう、馬鹿どもが。そう遠慮なく毒づく騎士に老人が憤《いきどお》る。

「違う！　儂《わし》をヨシアの小心者と一緒にするな！」

「へえ？　俺には同じかそれ以下に見えるけど？」

「あの馬鹿者が……毒の治癒など連れてきてからやらせろと儂《わし》は言ったのに……！」

心底悔しそうに、そして悔しそうでしかない老人の態度に騎士たちは呆れ、癒《いや》し手は愕然《がくぜん》とした。

「共犯ではあっても、仲間ではないのね、貴方《あなた》たち」

ロザリエが冷たく言う。

「貴方《あなた》たちはあの男の体調よりもリリアの確保が重要だった。けれどあの男はそれよりも自分の解毒を優先した。その結果がこの状況。貴方《あなた》たちが軽んじた薬師《くすし》がした必死の抵抗が、邪悪なその企みを打ち破ったのよ」

女騎士は厳しい声で告げる。実際ヨシアが治癒よりもリリアを誘い出すことを優先していても思い通りにはならなかっただろう。

けれどミゼリが毒を使ったことが、薬術に明るいリリアに何かを気づかせた。

そして手遅れになる前に治療することができたのだ。ロザリエの考えを補足するようにグラジオが告げる。

「そもそも薬師《くすし》を殺しかけた時点で計画しくじってる気がしますけどね、俺は」

元々はミゼリを脅《おど》してリリアを説得させるか、ミゼリを村から追い出すつもりではなかったのか。治療役がいなくなれば村は滅びると癒《いや》し手の良心に訴えかけるつもりで。

もしかしたらミゼリを人質にする案もあったかもしれない。

赤毛の騎士の指摘に何人かが俯《うつむ》いた。

「おたくたちは俺らが彼女を騙《だま》している、あるいは強引に連れていこうとしてると思い込みたいらしいが……本心では気づいてたんだろう、リリア自身がそれを望んでたってことに」

グラジオの宣言にロザリエは自然にリリアから目を逸《そ》らした。それをどこか冷たい瞳でアドニスが追った。

「俺たちが癒《いや》し手を村から連れていく、そう発表した時に強く反対しなかったのはそれが理由だ。こんなにも癒《いや》し手の存在に全員で固執《こしつ》しているのにな」

グラジオの指摘はまだ終わらない。

赤毛の騎士の言葉にアドニスは当時の光景を思い出す。確かに誰もロザリエたちに食って掛かったりはしなかった。

だがそれで村人が大人しく納得したなんて勘違いする者は騎士の中にはいなかった。

だからこそリリアを一人にすることはなかったし、グラジオは診療所の門番になった。

しかしそのせいで薬師《くすし》ミゼリを危険に晒したことは確実に失策だった。

リリアが急いで彼女のもとに駆け付けなければ手遅れになっていただろう。

癒《いや》し手自身が普段から村人たちに手酷い目に遭《あ》わされていたからこそ、薬師《くすし》への暴行に気づけたのだ。

「リリアを捕まえて脅迫し、無理やりにでも村に残ると言わせるつもりだったのだろう」

氷の瞳を持つ騎士は怒りと侮蔑《ぶべつ》を込めて彼らを睨《にら》みつけた。

「まあ、そのようなこと私たちがさせるはずはないけれど」

彼の言葉を引き継いだロザリエが建物から縛《しば》り上げたヨシアを引き連れてくる。命に別状はないが、酷く痛々しい有様だった。

それを見た村人たちが重いどよめきを上げる。

「ミゼリへの暴行、いや殺人未遂をしでかしたこの男を私が制裁したのはグラジオが表へ出ていった後。当然悲鳴が聞こえたのもその後よ。声に反応して駆け付けたという話とは、矛盾しているわね」

静かに告げる女騎士を村人たちが睨《にら》む。その目つきはグラジオに対してのものより随分と攻撃的だった。

己が女の姿をしているからだ。ロザリエは慣れ切った結論に至る。女なら弱い、女なら倒せる。女のくせに生意気だ。

それは女の身でありながら剣の道を志し、騎士となった彼女がうんざりするほど浴びてきた視線だ。

皮肉なことに同性の村人からもそういった視線を感じる。仕方がない。ここはそういう村なのだ。価値観というものは生活環境で形作られる。

だが、それに従ってやる理由は全くない。

「この男の有様を見ての通り、私は騎士の中で一番残酷よ。殺さず痛めつける方法を三人の中で誰よりも熟知しているわ」

ロザリエの発言に村人は恐怖と訝《いぶか》しさが入り混じった表情を浮かべた。

先ほど彼女から受けた「躾《しつけ》」がまだ効いているのか、村人と対面した後も傷だらけの中年男は大人しい。

「貴方《あなた》たち、いやお前たちは私たちが命まで取らないと思って今対峙しているのでしょうけれど……」

死ぬより辛いことなんていくらでもあるのよ？　優雅な笑みに肉食獣の眼差しを添えてロザリエは告げる。

「この名に誓ってリリアにはもう指一本触れさせないわ。そうね……薬師《くすし》のミゼリにも、村長のレストにも。そう貴女《あなた》が願ったからね」

突然声を向けられて、癒《いや》し手が驚いた表情を浮かべた。

「二人も連れていくのでしょう？」

ロザリエが確認するように尋ねる。

リリアは力強く頷いた。

「私はもうこの村を、この村の人たちを諦めることにしました」

意外なほどに静かな声でリリアは告げる。

諦めるという言葉にロザリエは先ほどの彼女の様子を思い出した。

怒りではなく絶望から、命の価値を見誤った者を処分しようとした癒《いや》し手の姿。

神聖な白の光を纏《まと》い、その光はあっさりと男の指先を消し飛ばした。

今騒ぎ立てている村人たちを前に同じ振る舞いをすれば、きっとリリアを引き留める声は皆無になるだろう。

けれどそれをさせてしまってはいけない。自分がさせない。ロザリエは癒《いや》し手を隙なく守る金色の騎士を見つめた。

「私はこの村で暮らすのはもう嫌です。そしてミゼリさんやレストを置いていくのも嫌だと思いました。だって、私と同じように傷つけられてしまうのだから」

そう言った後、彼女にしては険しい目つきでリリアは村人を睨《にら》む。

「あなたたちはあなたたちだけで仲良く暮らしていけばいい」

それは無理だろうな、小さく赤毛の騎士がぼやく。アドニスも無言で首肯《しゅこう》した。

生贄《いけにえ》を求めるのだ、この村は。集団でいたぶることができる相手を必要としている。

そうなったきっかけが何かは知らない。

若い癒《いや》し手を村ぐるみでいたぶり続けた十年間が村人の性根を腐らせたのかもしれ

ない。

そもそもまともな人間ならヴェイドに仕向けられたとしてもそんなことはしないだろう。

元々魔族と繋がりがあったことも関係しているのかもしれない。どんなきっかけがあろうと、彼らの行いが正当化されるわけではないが。

「ちょっと待ってくれよリリア、あんた私たちに年寄りだけで暮らしていけというのかい!?」

なんて酷いことをと嘆く女は確かに若くはないが、よぼよぼの老人というほどでもない。

むしろ今まで気軽に癒《いや》し手の治癒を受けてきただけあって同年代の人間よりも健康なほどだ。

それはこの中年女だけではない。他の村人たちもだ。後に引くような怪我は全て綺麗に治癒してもらったのだろう。

別に彼らだけで暮らしていけないことはない。街へ出た子供たちを呼び戻す手もあるし、戻ってこないなら静かに廃村になるだけだ。別に珍しいことではない。

村人たちの酷さに癒《いや》し手や薬師《くすし》どころか村長が逃げ出すというのは少し珍しいが、それほど酷い村なら尚更滅ぶべきだ。ここに村が存在しなければいけない理由はない。

早く滅んでほしいわけではないが、さっさと諦めて自分たちだけで生きる覚悟をしろ。

そうグラジオは舌打ちしたくなった。

ここまでの全てが村人たちの自業自得なのだ。

「年寄りしかいない村なんて珍しくないよ、婆《ばあ》さん。今の若者はすぐ街に出ちまうからね」

「誰が婆《ばばあ》だって！」

「元気じゃん」

それなら余裕で生活できるだろ。乾いた笑いを赤毛の騎士は浮かべる。

「……自分たちのことは、自分たちで、考えてください」

先ほどまでの凛《りん》とした姿は、やはり長持ちしないようだった。台詞《せりふ》の間の息継ぎが増えている。

まずいな、と赤毛の騎士が思うと同時にアドニスがリリアを自分の背後に押しやった。

そしてリリアと入れ替わるように、騎士より少しだけ低い身長の男が前に出る。

「村のことについては、僕……私が話します。意見があるなら、癒《いや》し手様にではなく、村長である私に」

そう村人たちを前に告げたのは、彼らの投石で傷を負った若き村長だった。

誤解から父に疎《うと》まれ、少年時代から村を離れていたレスト。

十年以上街で暮らしていた彼が村長になることに反対する者はいなかった。

けれどそれは彼を認めているからというわけでは決してない。

単純に村長という役職に就《つ》きたがる者が村人たちの中にいなかっただけだ。

そして彼らの目から見たレストは大人しそうな『若造』であり、村長の立場に置けばこの若者を無償で便利に使えると考えたのである。

そう、この村に長年尽くし続けている『癒《いや》し手』のように。

だが二人の若者は村人の思惑から外れる行動を取った。

リリアは都から来た騎士に惑わされ村を去ると言い出した。村人たちはそれに表立って反対はしなかった。代わりに新村長となったレストにリリアを慰留するよう強く求めた。それが村長として当然の義務なのだと。

しかしレストはそれに従わなかった。己は村長だが、暮らす人々を守ることはしても土地に縛《しば》り付けることはしない、と。

村人たちは失望したし、若い村長の不甲斐なさに怒りもした。父を亡くしたばかりのレストをその父親と比較し見下す発言をする者すらいた。

けれどどれだけ村人たちに酷い言葉で詰《なじ》られてもレストは彼らに加担することはな

かった。

むしろ今までの奉仕に感謝しリリアを快く送り出すよう彼らを説得し、ますます反感を買った。

そのようにレストと村人の関係が悪化していたところで起こったミゼリへの暴行事件は、企みが何一つ上手くいかず苛立《いらだ》っていた村人たちを物騒な気持ちにさせた。

そしてその騒ぎを聞きつけ騎士グラジオと村人たちの間に立ったレストは、彼らから石を投げられ、軽くない負傷をしたのだ。

その傷はリリアに癒《いや》してもらったとはいえ、再度傷つけられる恐れがあるというのにレストは再び村人たちの前に立った。

「うるせぇ、引っ込め！　役立たず！」

「騎士どもに尻尾を振りやがって！」

「よそ者はさっさと村から出ていけ‼」

村人たちは思いつく限りの罵詈雑言《ばりぞうごん》を村長と騎士たちに投げつける。

「……これは酷いな」

赤毛の騎士が呟く。

それと同時に彼が軽く蹴り上げた石が村人の一人が持っていた農具に命中した。

低い呻《うめ》き声と共にカラカラと農具が地面に転がる。

「ったく、猿の群れかよ。会話する気がないなら騒ぐのはやめろ。……次は顔を狙うぜ？」

赤毛の騎士の物騒な言葉で、レストへの罵倒はひとまず収まる。

なんとも言えない顔をして口を閉ざしている彼の肩を叩いたのはロザリエだった。

「レスト、貴方《あなた》の責任感も勇気も、素晴らしいものだわ。けれどそれが届く相手でなければ傷つくだけ。感謝という無償の見返りすら与えられず、長年奉公させられた癒し手《リリア》のようにね」

そう女騎士に言われレストは俯《うつむ》く。

「この老人たちを説得していずれリリアに対し謝罪させたい、なんて考えているならやめたほうがいいわ」

続けて言われた言葉に、若い村長は長い前髪の下で目を見開いたようだった。

「……やはり、無理でしょうか」

そう尋ねる声は震えていた。

「長い時間をかけて、この村を、村人を変えていければ、そう思ったのですが……」

「父の罪を償《つぐな》いたいというのなら、リリアの望みを叶《かな》えなさい。先ほどの彼女の宣言を聞いたでしょう」

レストは頷く。けれど自分までこの村を捨てるような真似をしていいのだろうか。村長になりたての青年は苦悩していた。

「……その苦しみを抱えて村の外で生きることが、癒《いや》し手に対する償《つぐな》いになるだろう」

そう説得したのは意外なことに氷の瞳をした騎士だった。

いっそ小気味いいほどに村から重要な人材ばかりが去っていく。

そもそもいることがおかしい癒《いや》し手という高位の存在だけでなく、薬師《くすし》や挙句村長までも。

何もかもが村人たちの常軌《じょうき》を逸《いっ》した傲慢《ごうまん》さが招いたものだ。そうアドニスは静かに思った。

確かにリリアに関してはロザリエの強い誘いがあったのは事実だ。だが彼女は癒《いや》し手に住み慣れた村を捨てろとまでは言わなかった。

一般的な医師や薬師《くすし》でさえも毎日ろくに休みもせず治療を強いられることなどない。そんなことをすれば治療する側のほうが病《や》んでしまう。

事実、リリアの肉体は年齢のわりに衰《おとろ》え、そして心は深く疲労と怯《おび》えに満たされていた。このままでは老人たちと半ば心中のようになっていた可能性さえある。

村を出るという彼女の選択は、生きるための手段でもあるのだ。

そしてそれは薬師《くすし》のミゼリや新しく村長になったレストも同じだろう。

今までのやり取りを見ていて改めて思う。この村に若者を置いてはいけない。

感謝の気持ちを持たない年寄りたちに使い潰《つぶ》されてしまうからだ。

前村長の企みとはいえ村を出ることを許された子供たちが一人も戻ってきていないことで察するべきだった。

唯一戻ってきたレストへの扱いにも、とても村長に対する尊敬の気持ちなど村人たちからは感じられなかった。レストが村長に就任したてであることを差し引いても無礼すぎる。

それにアドニスは前村長ヴェイドの鬱屈《うっくつ》を彼の口から聞かされて知っていた。

あの男もリリアに関する振る舞いは村人たちと同罪、いや元凶であるならそれ以上かもしれない。

だが彼自身、追い詰められていたこともまた確かだ。

村長という立場でありながら村人に見下され、村人に媚《こび》を売りながら憎悪を募らせていた。

結果が魔物としての死だ。それさえも自業自得といってしまえばそれまでだが。

この村は街どころか他の村からも離れている。そして住人はほぼ老人ばかりだ。ミゼリを暴行した中年男でさえ若いほうに入る。

若者たち全員で一斉に逃げれば、追ってくることはできまい。診療所から必要な荷物の持ち出しは済んでいる。

もういいだろう。そう金色の騎士は考える。ミゼリの執念もレストの決意も、リリアの護衛の傍《かたわ》ら充分に見た。

だから金色の騎士は村人に拒《こば》まれた村長に告げる。この村を捨て別の場所で生きるべきだと。

その言葉に頷きかけた村長は、けれど苦しげに首を振った。

「でも、やっぱり俺が残っていなければ、村長として監視していなければ、エルシアさんとリリアの家が……」

村人に腹いせで焼かれてしまうかもしれない――それはアドニスたちも同じ危惧を抱えていたことだ。けれど彼の言葉を別の声が否定した。

「……いいの。もういいの。思い出は誰かを犠牲にしてまで守ってはいけないの。そんなことをしたらきっと、先生は怒るから」

リリアは不器用に笑って、レストを庇《かば》うように前に出た。

自分たちが強く執着する癒《いや》し手が目立つ位置に来たことで村人たちの興奮が強くなる。

その中から杖を持った老人が、周囲に押されるようにして前に出てくる。その顔に浮かぶ感情が他の村人と異なるものであることにアドニスは気づいた。

だが彼が近づくことで傍《かたわ》らのリリアが痛みを堪《こら》えるように自らの手を押さえたことに気を取られる。

次の瞬間、老人は杖を落とすと震える手で懐からナイフを取り出した。

◆◆◆

『リリアがいなくなったらアンタは駄目になるんじゃないかい？』

そう他の村人から告げられた時、老人は持っている杖で殴りつけてやろうかと思った。

わかっているのなら、お前らがどうにかしろと。

けれど、いやむしろそれは他の連中が己に求めていることであることも悟っていた。

一見老人を案じているような言葉に込められた真意はむしろ逆のものだ。

癒《いや》し手を村に繋ぎ止めるためにその命を懸けろと暗にほのめかしているのだ。

リリアの治癒が受けられなくなればお前は死ぬのだからと。

別にそんなことはないと、反論しようとして口を閉ざした。

肘や膝の関節の痛みを訴えた時、飲酒を控えろと黒髪の癒《いや》し手に言われたことを思い出す。

その時に生意気なことを言うな、お前は黙って治癒をすればいいと杖で打ち据えた。

けれど診療所に門番が立つようになってからはリリアの顔すらまともに見ていない。

せいぜい関節痛に効く湿布と痛み止めの薬草が騎士を介して渡されるだけだ。

求めるものはこんな面倒な気休めの薬ではなく、癒《いや》し手の魔法による治療だというのに。

薬を床に叩きつけ抗議したら、赤毛の騎士に『まず酒をやめろ』と言われ診療所から追い出された。

その日からずっと門前払いだ。

十年以上前に消えたと思っていた薬師《くすし》の家のミゼリが診療を再開したと聞き、期待せずに行ってみたがやはり頼りないにもほどがあった。

どいつもこいつも酒をやめろとしか言わない。

『治す意思がないのなら来ないでください』と言い捨てた女薬師《くすし》の冷たい態度を思い出す。

老い先短い孤独な老人の数少ない楽しみを奪うことに対する罪悪感も申し訳なさも

窺《うかが》えない表情だった。

だが、その酒さえもう飲めなくなる可能性が高い。村人に媚《こ》び、貢《みつ》ぎ癖のある村長が急死したからだ。

彼がいなくなれば今までどおりの援助は受けられない。

奴の息子が新村長になり直談判したところ、食事などについては融通《ゆうづう》するが酒に関しては都合できないという回答だった。

体によくない、などと忠告する若造に、長生きしたいわけではないと怒鳴り散らしたことを覚えている。

そうだ。長生きがしたいわけではない。好きなことをして好きな酒を飲んで苦痛なく生きて死にたいだけだ。

けれどリリアがいなくなれば自分は苦しんで死ぬと村人連中は口を揃えて言う。

ヨシアが、あの乱暴者が無理やりにでもなんとかしてくれる。リリアが村に残るとさえ言えばいい。

そう口にすると、あいつだけでは不安だと返された。持ち寄った酒を注がれて反射的に飲み干す。

ヨシアはやりすぎて逆に騎士に殺されるかもしれない。そう誰かが言った。

力ではなく情に訴えるべきなのだ。リリアの心を村に縛《しば》り付けるための生贄《いけにえ》が必要なのだ。

もし成功すればあんたの面倒は俺たちが見る。酒だって飲ませてやる。

そう言われて、断れなくて、何杯も飲み干したのが昨日の夜のことだ。

だがこんなにも早くその機会が訪れるとは思わなかった。できるなら来てほしくなどなかったのに。

村人たちの後ろのほうにいたのに軽く小突《こづ》かれ続けて最前まで押し出される。

己の存在に気づいた黒髪の癒《いや》し手が怯《おび》えた顔で手を押さえた。昔、杖でことさら強く打ち据えた箇所だ。

騎士たちの意識がそちらへ向く。『今だ』と背後から無言の声が背中を蹴りつけてきた気がした。

その声は一つだけではなかった。老人は泣きたい気持ちで刃物を取り出した。

◆◆◆

騎士たちの癒《いや》し手に対する警護は完璧だった。

だが老人の持つ刃の行き先はリリアでも、レストでもなく、そして騎士の誰かでもなかった。

老人は、そのナイフを自らの腹に突き刺したのだ。

「……え？」

リリアがぼんやりとした声を上げる。

アドニスも警戒こそ解かなかったが、その美しい顔に驚きを浮かべていた。

「どういうことだ……？」

戸惑った台詞《せりふ》を口にしたのはグラジオだった。

ロザリエは無言のまま他の村人を見回す。そして酷く冷めた目をした。

「う、うう……」

ナイフを取り落とし、老人が崩れ落ちる。

その腹の部分の布にじわじわと赤が広がっていくのを見て癒《いや》し手は顔を青くした。

「死ぬ、死んでしまう……リリア、助けてくれ」

「は、はい……！」

悲痛な声と血の臭いに反射的に返事をし、リリアは老人に近寄ろうとする。

それを止めたのはロザリエだった。

「は、放してください……」

「駄目よ」

老人が立つ場所を指差して女騎士が言う。

「おかしすぎるでしょう、色々と」

負傷し蹲《うずくま》った老人を囲むように他の村人たちが立っている。しかしその全員がどこか空虚な表情をしていた。

そのくせ、視線だけはじっとりと癒《いや》し手を見張っている。

「リリアに傷を治してほしいなら、貴方《あなた》が一人でこちらに来なさい」

「そ、そんな……リリア、頼む……死んでしまう……」

老人は息も絶え絶えに懇願《こんがん》する。

「なるほど。囮《おとり》か」

グラジオが呟いた。

「囮《おとり》……？」

「リリアがあの爺さんに近づいたところを全員で捕まえる気なんだろう」

「そんな……そんなことのためにナイフで自分を傷つけるなんて……」

「怪我でもしてなけりゃ近づいてくれないと馬鹿なりに計算したんだろう、本当に馬鹿の考えでしかないが……自分たちが癒《いや》し手に嫌われていることはちゃんと認識しているんだな」

リリアの問いかけにグラジオが返答する。本当に愚かだとアドニスが固い声で同意した。

「もしその策が上手くいって奴らが癒《いや》し手を捕えたとしても、我らがすぐに奪還する。向こうに怪我人と罪人が増えるだけだ」

「それはそうだ」

赤毛の騎士は同意した。しかし彼らの会話に村人の一人が割って入る。

「ふん、勝手な思い込みで人を馬鹿扱いとは……傲慢《ごうまん》な騎士どもらしいな」

苦しげに呻《うめ》く老人をむしろ自慢げに指差し、初老の男は言う。

「いいかリリア、爺さんを治したかったらこの村に残ると言え」

「え……？」

「お前が村に残ると約束しなければ、お前のせいでこの爺さんは死ぬことになる。それでもいいのか」

責めるように問いかけられてリリアは目を大きく見開いた。

「……なんだこの村、心底気持ち悪いな」

グラジオが吐き出した言葉には侮蔑《ぶべつ》と呆れ、そしてわずかな恐怖が含まれていた。

「ある意味人質……ってところか？」

どこかうんざりした声で赤毛の騎士が言う。

「人質としての価値があるのか」

そう冷たく金色の騎士が返した。

「それを決めるのは俺たちじゃないし、奴《やっこ》さんたちの目的も俺たちじゃないさ。癒《いや》し手を動かすことができればいいんだ」

呆れと侮蔑《ぶべつ》を含んだ視線でグラジオは村人たちを睨《にら》んだ。

自傷し苦しむ老人を前に押し出し、罠であることを全く隠しはしない。

どうして、とリリアが掠《かす》れた声で呟く。

「どうして、こんなことができるんですか」

「どうしてって……それだけお前が必要だからだよ、リリア」

「そうだぞ、爺さんだってお前に村にいてほしいからこうして命を張ったんだ」

「嘘ばっかり……！」

全く罪悪感の欠片《かけら》も感じられない声で説得しようとする村人たちに癒《いや》し手は首を振る。

「こんなの、生贄《いけにえ》と同じです。自分の意思なんかじゃない、どうせ皆で追い詰めたのでしょう」

確信するようなリリアの言葉に老人は縋《すが》るような目を向けた。

皮肉なことに今いる人間たちの中で一番彼を案じているのは、過去彼に暴力をふるわれたことのあるこの癒《いや》し手だった。

老いた男は震えながら口を開く。

「い、いいから、さっさと儂《わし》を治し皆に謝らんか、この馬鹿娘！」

「え……」

「大体お前が我儘《わがまま》を言って村を出ようとするから、儂《わし》がこんなことをしなけりゃいけなくなったんだ！　全部お前が、お前が悪いんだ！」

他の村人たちに圧力をかけられた鬱憤《うっぷん》晴らしのように、老人はリリアを詰《なじ》った。

そうだそうだと、他の村人たちが背後から加勢する。

「いい加減にしろ!!」

そう叫んだのは青い瞳に怒りをみなぎらせたアドニスだった。

彼は癒《いや》し手の細い手首を掴む。万が一にも彼女が村人のそばに行かないようにと。

「もう惑わされるな、リリア。あの連中がどれだけ傷つこうが癒《いや》す必要なんて全くない」

常よりも乱暴に吐き捨てて、金色の騎士は彼女に告げる。

「お前には稀有《けう》な価値がある。なのに村の連中も、何よりお前自身もその価値を知らない」

「私の、価値……」

それはこの癒《いや》し手の力だろうか。それなら今村人たちが必死に求めている。

そうリリアが視線で問いかけると彼はそうではないと首を横に振った。

「その優しさが、自分を傷つけた相手でも庇《かば》い守ろうとする慈悲が、それこそがお前……いや、貴女《あなた》の価値だ」

氷の瞳が優しげに揺れ、リリアに向けられる。

「けれどその尊い心はこの村ではどこまでも軽んじられ踏みにじられるだけだ。だからもう、この愚かな村のことは忘れろ」

アドニスは悲しい目をして癒《いや》し手に告げた。

「貴様らだって、本当は彼女の優しさを知っているはずだ」

アドニスは村人たちを睨《にら》みつける。

美しい顔立ちの騎士に険しい表情で睨《にら》まれて、女たちの何人かは怯《おび》えながら頬を染める。

そして男たちは嫉妬の混じった敵意を返した。

「なのにリリアの優しさを知りながら赦《ゆる》しを乞《こ》うこともせず、ひたすら脅《おど》すことしかできない」

それは村の大切な癒《いや》し手に慰留を望む者の行動ではない。

むしろ追い出したいのかと思う行為だ。

怒りと呆れの交じった声が愚かな人間たちを厳しく打ち据える。

「挙句、老人を脅《おど》し狂言自殺までさせて……この村の男は愚か者しかいないのか！」

アドニスの叱責に対し、申し訳なさと恥ずかしさを浮かべるのは最近村に来たばかりの若い村長のみだ。

他の村人に彼のまっとうな説教は通じない。

ただこの騎士が魔物を倒した凄腕の人物であること、そしてそんな人物が今自分たちに激怒しているらしいこと。

その二つの情報をもとに村人たちはただ保身のためにじっと沈黙していた。

先ほどリリアを怒鳴りつけた老人は頭を抱えて地面に蹲《うずくま》っている。アドニスに斬られるとでも思っているのかもしれない。

村人の皆が、この美しい騎士を恐れていた。

癒《いや》し手はそんな彼をじっと見ている。助けようとした老人に口汚く罵《ののし》られたばかりの顔で。

愚かな行動だったと思う。偽善者と呼ぶにも浅はかすぎて。相手が怪我人だからと言って不用意すぎた。

けれど助けようとした気持ちは本物だったのだ。

だから怒鳴られて、とても、悲しかった。

「……連れていってください」

そうリリアはアドニスに伝えた。アドニスに対して痩《や》せた手を伸ばした。

自分をこの村から連れ出してほしいと。今この場から連れ去ってほしいと。願った。

「私は、私を大切にしてくれる人たちのところに、行きたい」

願いを言葉にした途端リリアの目から涙が零《こぼ》れた。

そうだ。大切に、大切にされたかったのだ。今までずっと。

──私の心も言葉も、勇気も。否定せず、そっとすくいあげて優しい言葉をかけてほしかった。それが急に叶《かな》ってしまった。

──尊いは、言い過ぎだと思うけれど。胸がぽっとするほど、嬉しかった。

「あなたが連れていってくれる場所に、私は行きたい」

リリアはアドニスの目をしっかりと見て、そう告げた。

「そこでなら私は、笑うことを許されますか？　……優しくしたら、優しくしてもらえますか？」

癒《いや》し手の問いかけに騎士は無言でその肩を抱き寄せた。

金色の騎士に抱き寄せられ黒髪の癒《いや》し手は安堵したように笑った。

それは目立たないが可憐な花のような笑みだった。

「幸せになってくれ、リリア。こんな村のことなど忘れて」

少しだけ切なげな顔をしたレストが彼女にそう声をかける。

「あら、まるで二人が駆け落ちするみたいに言うのね」

そうわずかにからかいを滲《にじ》ませ、ロザリエが自分より年上の青年に言った。

「でも、貴方《あなた》も私たちと同じ場所に行くのよ」

彼女の表情はどこか清々としている。

「ねえ、愚かな村人たち。行くな、じゃなく行かないでって彼女に言ってみなさいな」

弱者らしいしおらしさで、下手に出て縋《すが》ってみればいい。

ロザリエは自分たちを悔しげに睨《にら》みつける村人たちに声をかける。

その顔には怒りと、そして初めて浮かぶ諦めが滲《にじ》んでいた。

きっとリリアとアドニスを、男と女の関係だと誤解しているのだろう。

リリアがアドニスにすっかり惚れ切ってしまっていると。

そしてそのような俗な理由に対して自分たちは勝てないと認識したのだ。

確かに二人の関係がこれからどう転がるかはわからない。

だがリリアが村を捨てるのはアドニスの言いなりになったからではなく、彼女自身の決断だ。

「あんなに、幼かったのに、幼いままだと思っていたのに……」

ぽつりと、老女が言う。すっかり女の顔になって、と。

うんざりするほど下世話な言い方だ。しかしロザリエは彼女の驚きの理由を察することはできた。

村人たちの目には幼いままだった少女が、ようやく大人の女性として映り始めたのだろう。

美しい騎士の腕に抱かれ微笑むその表情に『女』を感じて。

もう子供扱いはできないと思ったのか、老女は唐突に行かないでくれと懇願《こんがん》した。

他の村人の女たちも次々と慰留を求める願いを口にする。彼女たちは確信しているのだ。

男女が添い遂げたなら、女は男についていくものだと。

けれど、もう遅い。

彼女たちの声に静かに首を振るリリアの姿を見てロザリエは微笑む。

これで見たいものは全部見た。リリアの力も、リリアの決意も。そしてリリアとアドニスに芽生えつつあるものも。

あとはこの村を後にするだけだ。

そう決意したロザリエの頭上に、にわかに雷雲が現れた。

「何……？」

女騎士は不審そうに空を見上げる。

ずっと頭上を意識していたわけではないが、その雲の出現はあまりに唐突に感じた。

風は落雷前の独特な冷たさを孕《はら》んでいるわけではなく、雨だって降っていない。

何より、その雲は白く輝いていた。もう日は暮れて夜だと言ってもいい時刻だというのに。

やたらと目立つその雲に、何故今まで誰も気づかなかったのだろう。

そのことがロザリエの胸に警鐘を鳴らす。

「皆！　室内に避難しなさ……」

落雷を警戒した女騎士の言葉は、轟音《ごうおん》と眩《まばゆ》い輝きによって掻《か》き消される。

咄嗟《とっさ》にアドニスはリリアを、グラジオはロザリエとレストを抱え屋内へ駆け込もうとした。

しかしその行動は第三者の一言によって封じられる。

『大丈夫、貴方《あなた》たちに危害を加えるつもりはありません』

優しげな台詞《せりふ》でありながら、圧倒的な支配の力に満ちた声が凄腕の騎士たちの足を縫《ぬ》いとめる。

落雷の音によって半ば麻痺したはずの耳にはっきりと通る透明なソプラノは、常人の出す音ではないことは確かだ。

夜を一瞬で駆逐《くちく》した光がそれなりに謙虚な輝きになった頃、倒れ伏す村人と立ち尽くす騎士の真ん中には、一人の女性が立っていた。

背は女性にしては高く、だからこそ純白のロングドレスのシルエットが美しい。

その腰を包む茶皮でできたコルセットと濃い緑のマント、そのデザインに見覚えがある気がしてロザリエは首を傾げた。

そして髪色こそ違うがゆったりと編まれたその長い髪にも。

「せん、せぇ……？」

アドニスの腕の中でリリアが幼子のように呟く。そうだ、この女性はリリアに似ているのだ。

「せんせい、せんせい……！」

同じ言葉を繰り返す黒髪の癒《いや》し手を、戸惑ったように金色の騎士は見る。

彼女をあの人物に接近させていいのか悩んでいるのだろう。

落雷と共に突如現れた人間だ。普通の存在ではない。

「アドニス、リリアを彼女のもとへ連れていって差し上げなさい」

そうロザリエに命令され、アドニスは緊張を顔に浮かべリリアを謎の女性のもとへエスコートした。

いや、謎の女性ではない。初対面だが存在は知っている。

突然現れたこの女性はリリアの養い親で先代の癒《いや》し手――十年前に失踪《しっそう》した、エルシアなのだろう。

何故今このタイミングで、そして雷と共に現れたのか。尋ねたいことはいくらでもある。

村人たちが地面に倒れているのが彼女が仕掛けたことなのかもだ。

けれど、彼女がエルシアなら。一番に声をかけるべきなのが誰かなんて決まっている。

「せんせい、エルシア先生、おかえりなさい」

『ただいま、リリア。ごめんなさいね。本当にごめんなさい……でも、もう一度会えてよかった。二度と会えないかもしれないと思っていたから』

女神のように美しい顔を涙で濡らしながら、癒《いや》し手はもう一人の癒《いや》し手を強く抱きしめた。

しばらく、溶け合うほどに抱き合った後、エルシアは顔を上げる。そして幸福そうに溜息を吐いて言った。

『再びこの世界に戻ってこられるなんて、まるで夢を見ているみたいだわ』

第六章　十年前の真実

十年前のその日、エルシアは静かに後悔していた。

村人たちが熊に襲われた痛ましい事件。あの時、助けられる命を助けられなかった。

治癒が間に合わず亡くなったのは村長の妻で、エルシアの治癒を阻《はば》んだのは、ほかならぬ村長だった。

彼は妻が疎《うと》ましくて邪魔をしたのではない。エルシアの力が恐ろしくて拒《こば》んだのだ。

だがその恐怖は村長ヴェイドの誤解からくるもので、彼自身に治癒魔法を使った後は簡単に消えた。

しかし彼が真実に気づいた時、全ては手遅れだった。

エルシアも疲労に似た絶望を感じたが、ヴェイドはその比ではなかっただろう。

何故もっと早く教えてくれなかったのかと泣き叫びながら胸倉を掴まれ、反論する気にもなれなかった。

彼の心に闇が生まれないことを願うしかない。

救えなかった命に思いを馳《は》せる。村長の妻は街の学校へ行った息子と再会できる日を楽しみにしていた。

レストは小さい頃から賢く優しい子供だった。けれど他の少年より体が小さいから学をつけさせるべきだ、優れた部分がなければ村長の座についても尊敬は得られない、と。そう夫に強く説得され、彼女は愛する息子と離れる決意をしたのだという。

立派になった子息と再会するという彼女の夢は叶《かな》わなかった。

いずれ弟子で養い子であるリリアにも、このことは伝えなければいけないだろう。強い治癒の力を誤解し恐怖を抱く者もいるのだということを。

彼女も癒《いや》し手として優れた才能の片鱗《へんりん》を見せている。いずれはリリアも癒《いや》し手となる日がくる。そのために少しでも苦労のないように、教えられることは全て教えておきたい。

ただ今話すにはあまりに生々しく、登場人物たちが身近すぎる。何よりもまだ、エルシアの心の整理ができていない。

――救いたかったと思う。救える命だった。ヴェイドの妨害だってもっと早く退けられたはずだ。あの数秒の間に命は零《こぼ》れたのだ。

その『救いたかった』という後悔交じりの願いが、何かを引き寄せたのかもしれない。

眠れぬまま朝食の用意をする。スープを具材に火が通るまで煮れば完成だ。

表でリリアのはしゃぐ声が聞こえる。友人と話しているのだろうか。その声に少しだけ心を癒されて微笑む。

次の瞬間エルシアの足元に魔法陣が浮かび上がった。強い魔力で拘束され、エルシアは声を上げる間もなくその場から姿を消した。

自分が『光の聖女』として別世界に召喚され、魔王を倒すように現地で懇願《こんがん》されることなど、その時の彼女はまだ知らなかった。

◆◆◆

ある日突然別世界に召喚され、魔王を倒すように言われたのだとエルシアは語った。

「……魔王を倒すって、そんなの癒《いや》し手の仕事じゃねぇだろ」

「私、昔から頼まれたら断れない人間で……」

失踪《しっそう》した理由の壮大さに、グラジオがどこかずれた感想を漏らす。

そしてエルシアの返事もまた状況にそぐわないものだった。

しかし騎士は皆その回答にどことなく納得を覚えた。

「それに今は癒《いや》し手ですが、戦士であったこともありますので」

さらりとエルシアは続ける。

たおやかで、どこかリリアと似通った繊細さを思わせるその佇《たたず》まいと、戦士だったという申告は不釣り合いだった。

だが男性陣がそれを指摘することはなかった。美しき女騎士ロザリエが咳払いをしたからだ。

「……私は人よりも恵まれた能力の数々を持って生を受けました」

穏やかな表情で白銀の髪の聖女は続ける。

その瞳には誇らしさも驕《おご》りも浮かんではおらず、静かな疲労だけが湖底の泥のように沈んでいた。

「私の両親はとても信心深く、その力は人に尽くすために神から与えられたのだと幼い頃から言い聞かせられました。……けれど、私にはできることが多すぎたんです」

そう口にするエルシアを傲慢《ごうまん》だと感じる者はいない。

癒《いや》しの力を持つが故に、村人たちに使い潰《つぶ》されかけていたリリア。そしてその境遇と苦しみを知る騎士たち。

無言で同情と労《いた》わりだけを浮かべる彼らに、エルシアは儚《はかな》く微笑んだ。

「人に尽くすことに終わりはありません。何故なら人の願いには際限がないから。私は逃げ出してしまいました。それは驚くほど簡単なことで、私はその時に初めて、自分の力を便利なものだと思いました」

エルシアは唇だけを笑みのかたちにして言う。

「名前も、姿も変えて、住む場所も職業も定期的に変えて、そして長いさすらいの途中で出会ったのが、リリアでした」

「先生……」

「誤解しないで。貴女《あなた》を育てたのは、間違いなく私の意思です。私がそうしたかったから一緒に暮らしたの」

エルシアの言葉にリリアが激しく泣き出す。アドニスがそっと彼女から離れた。

心得たようにエルシアが養い子を再び胸に抱く。

「先生、ごめんなさい、せんせい……」

「いいのよ、いくらでも泣いて……。私こそ、突然一人にしてごめんなさい」

謝り癖は師弟共通なのかね。そう不器用な軽口を叩くグラジオの足をロザリエが踏みつけた。

「貴方《あなた》たちにも感謝をしないといけませんね」

リリアを抱きしめながら銀髪の聖女は言う。

「もし貴方《あなた》たちがリリアを連れ出そうとしてくれなければ、私もこの子も救われることはなかったでしょう」

謙遜の言葉を返そうとした女騎士は、エルシアの言葉に違和感を覚える。

リリアはともかく、別世界にいた彼女が救われたとはどういうことだろう。

ロザリエの疑問を見透かしたように、複数の世界で聖女と呼ばれた人物は答える。

「私が先ほどまでいた場所は、虚無しかない場所でした。ずっとそこに閉じ込められていたのです。魔王との戦いの果て、別世界の住人の術によって、私は魔王と共に封印されました」

そう語るエルシアの声に憎しみはなく、ただ慈悲深い諦めだけが宿っていた。

「魔王と一緒に召喚した聖女を封印って、そりゃまた……」

――まるで囮《おとり》に使われたようなものじゃないか。

グラジオはその言葉を最後まで言わずに呑み込む。

師弟で不幸勝負でもしているのかという台詞《せりふ》も、賢明なことに口にしなかった。

別世界の住人をストレートに責めることは騎士であるグラジオにはできなかった。

人として非道であることは確かだが、戦術として否定はできない。

被害者であるエルシアの表情に少しでも嘆きの色が浮かんでいたなら同情し憤《いきどお》ることもできただろうが、それもなかった。

「私と一緒に魔王に挑んだ者たちは倒れ、私と魔王の力は拮抗していました。あのままでは、いつまで戦いが続いたかわからない。まとめて封印する道を選んだのも、仕方がないことなのでしょう」

単独で魔王と渡り合ったことと、魔王相手に戦い続けていたこと。

その二つをなんでもないことのように、いやわずかに悔やむように語るエルシアに騎士たちはそれぞれが微妙な表情をしていた。

一番強い感情は混乱である。価値観が違いすぎて思考が追い付かない。

「魔王も私も互いに意識を集中していたため、気が付いた時には既に封印された後でした。その後もしばらく戦い続けましたが、決着がつかないので休戦することにしました」

銀髪の聖女の言葉に、おそらく提案したのは魔王のほうだろうなと赤毛の騎士は思った。

「そして魔王は、力を合わせて封印を解こうと私に持ちかけました」

「魔王プライドないな！」

思わず突っ込みを入れた赤毛の騎士は次の瞬間、骨が凍るような寒気を感じた。

驚きと悪寒で硬直した後、周囲を見渡しその感覚を味わったのは自分だけだと確認すると、嫌な予感がすると小声で呟いた。

「彼は私に復讐を持ちかけたので、当然断りました」

「当然、なのね……」

ロザリエが感情の読み取れない声で繰り返す。

「麻痺してしまったのです」

そうエルシアは無機質な微笑みを浮かべる。

「別に囮《おとり》にされることも、単身で戦わされることも、初めてではありませんでした。命を道具として使うこともです」

この女性は一体何者なのだろう。改めて騎士たちの中に共通の疑念が湧き上がる。

彼女の口ぶりからすると歴戦の勇士、いやまるで勇者のような生き方をしていたようだが、該当する人物に心当たりはない。

それこそエルシアが自分の能力で正体を完璧に隠蔽《いんぺい》しているのかもしれないが。

騎士たちのそのような内心を知ってか知らずか、銀髪の聖女は瞼を閉じて腕に抱いた養い子の髪に頬ずりをした。

それは、聖母にも、赦《ゆる》しを乞《こ》う罪人にも見える奇妙な表情だった。

「けれど、自分の家に帰りたくはないのかと。そう言われて心が震えました。魔王はその時、私の弱点を見つけたのです」

エルシアは、初めて口惜しそうな表情を見せた。

「確かに私は帰りたかった。遠い昔に捨てた故郷ではなく、大切な娘のいる我が家に」

「先生……」

「けれど、それに応じれば私はこの世界に魔王という災厄を招くことになる。……だから耐えるつもり、でした。あの時ほど、時の流れを遅く感じたことはありません」

エルシアの言葉には、一転して人間らしい感情が強く宿っていた。葛藤と、そして後悔だ。

だから騎士たちはなんとなく事実を察する。

けれどそのことに対し行動を起こす者はいなかった。

行動を起こして、どうにかなるとは思えなかったのだ。

「けれどエルギア……別世界の魔王は、私よりよほど人の心を察することが得意で。いえ、その提案をされた時に私が戦いを再開しなかった時点で、きっとわかっていたことなのです」

リリアの黒髪に顔を埋めるようにしているエルシアの表情は見えない。

「ただ、それでも私は、この娘が平穏に暮らしていくためなら、自らの欲望は殺せると思って」

エルシアは、顔を伏せたまま続けた。

「けれど、そうではなかった」

聞いた者がぞっとするような感情を込めて銀髪の聖女が呟く。

「エルギアは文字通り自分の身と心を削って、私の中に生まれた欲望を利用して、この村へ……貴女《あなた》へ繋がる道を虚無の中から見つけ出しました」

突然自らのことを話題に出され、リリアは目を見開く。

「リリア、力を使いましたね」

エルシアは優しげに尋ねた。

「私の放った光魔法と似た魔力を感じた、とエルギアは得意げに告げました。それが貴女《あなた》のものだと、私にはすぐにわかった」

それは、あのヨシアという男を断罪しようとした時のことだ。

黒髪の癒《いや》し手はガタガタと震え出す。

「責めるつもりはないの。貴女《あなた》にはもう誰も傷つけず、そして傷つけられず生きてほしかったけれど……それは親としての私のエゴで、貴女《あなた》自身よりも優先されることではないのよ」

銀髪の聖女はリリアの手をそっと包むように握った。

「ただ、優しい貴女《あなた》にその力を使わせることになったことを口惜《くちお》しく思います」

「先生……」

「そして、その力を見つけ出したエルギアの執念と……私の堪《こら》え性のなさにも」

「先生、質問があります」

空気を読むことを知らないような能天気な声が、突如場に投げられる。

発言者である赤毛の騎士は蒼白な顔色をしながら、おどけた表情を意地で作っていた。

「なんでしょう」

「知ってたらでいいので答えてもらえませんかね。村人連中が倒れたきりな理由と、そのエルギアっていう魔王の現在地について」

グラジオの言葉と共に、大粒の雨が空から降ってきた。

雨は瞬く間に豪雨と呼べるものになり、しかし数十秒後にぴたりとやんだ。

通り雨にしても局地的すぎるそれが去ると同時に、奇妙な雷雲も村の上から消え失せていた。

そして先ほどまで死人のように動かなかった村人たちが、「冷たい」「寒い」と戸惑いと不快さを口にしながら起き上がってくる。

「ごめんなさい。私たちに纏《まと》わりついていた虚無の残滓《ざんし》で、時の流れが薄くなっていたようです。今、洗い流しましたから」

そう皿でもすすぐような気軽さでエルシアは騎士たちに告げた。

虚無とは纏《まと》わりつくものなのか。

いや、それより時の流れが薄くなるとはなんだ。

『私たち』とは、やはりそういう意味なのか。

騎士三人が無言のまま似たようなことを考え、しかし村人たちが意識を取り戻し始めたため口に出し追及できないジレンマに陥っていた。

その状況を生み出すきっかけになった赤毛の騎士に上司であるロザリエが声をかける。

「……発言した勇気は認めるわ、グラジオ」

「余計なこと言いやがったって尻つねってもいいですよ」

ここまで通しで話を聞いていたレストをグラジオはちらりと見やる。村長である彼はぶんぶんと首を振った。

やはりこのまま他の村人たちの前で続けるべき話ではないようだ。当たり前と言ったら当たり前ではある。

彼の父が魔物になったことさえ隠しているのに、魔王の話などできるわけがない。

のろのろと起き上がった村人たちの幾人かが驚きの声を上げる。

視線の先に、先代の癒《いや》し手であるエルシアを見つけたのだ。奇声を発しながら無作法に指差す者までいる。そしてもれなく近寄っていく。

村人たちが覚醒してからの一連の行動に、まるで墓の下から蘇《よみがえ》った化け物のようだとグラジオは思った。だが彼らは生きている。

微妙に気まずい気持ちになりながら赤毛の騎士は銀髪の聖女に再び視線を戻した。

「あのですね、虚無とは世界と異界の間ではなく、時と刻《とき》の狭間にあるものなので……」

「すいません、多分その説明は俺向きじゃないっす」

「あ、こちらこそ申し訳ありません、私説明が昔から下手で……」

赤毛の騎士が思わず真顔で返した言葉に、エルシアは申し訳なさそうに謝った。

そういった表情を浮かべると、やはりリリアにどことなく似ている。

「あの、そうですね。時と刻《とき》の狭間とは少し前の過去と少し先の未来が混ざり合った場所で、私たちはそこを通ってここに来ました。ええとつまり、少し前の過去と少し先の未来を、私は見たということです」

そう繰り返すように言いながら、彼女はリリアを金色の騎士に預けた。

アドニスは複雑な表情を浮かべ、しかし思いを言葉にすることなく黒髪の癒《いや》し手を守る立場に戻った。

二人から距離を置き、だらしなく歓喜の表情を浮かべながら駆け寄ってくる村人たちに初代の癒《いや》し手は薄く微笑む。

「……彼らがたとえ正直に話しても、嘘を吐いたとしても、きっと私は怒ってしまうのでしょうね」

エルシアの他人事のような言葉は決して小さいものではなかったが、懲罰の対象者である村人たちの耳に届くことはなかった。

◆◆◆

雷鳴を聞いた瞬間から途絶えていた意識は、激しい雨によって覚醒を促《うなが》された。

村人たちはぞろぞろと地面から立ち上がる。何が起こったのかも理解できないままに。

その中の一人が間の抜けた声で叫んだ。癒《いや》し手が、いると。

リリアならいるに決まっているだろう、そのために先ほどまで騎士どもと渡り合っていたのだ。

立ち上がった村人は胡乱《うろん》な叫び声に怪訝《けげん》な顔をしながら、忌々しいよそ者たちと、それに守られて姫気取りの生意気な小娘を睨《にら》みつけようとする。

そして叫んだ村人と同じように驚きの声を上げた。

エルシアが、いる。『本物』の癒《いや》し手が。

十年前に失踪《しっそう》した時のままで、この村に戻ってきている。

理由も知らぬまま、村人たちの心に歓喜の感情が湧き上がる。

空から金貨が降ってきてもこれほど喜びはしないだろう。

これで今までの悩みは全て解決する。エルシアさえいればいい。代替品のリリアなどいらない。

何人かは衝動のままに彼女に駆け寄った。そしてその途中でリリアに目を留める。

さっきまであれほど生意気で身勝手なことを言い張っていたくせに、今はすっかり元の陰気な表情だ。

ざまあみろ。誰かが言った。

エルシアの帰還に対する喜びよりも、癒《いや》し手の立場を奪われた小娘を嬲《なぶ》りたいという気持ちが村人たちに芽生える。

——自分たちにあれだけ苦労をかけさせやがって。エルシアと比べれば大したことのない能力にふんぞり返って恥ずかしいったらない。無能な小娘が。エルシアがいなかったからこそ妥協して使ってやっていたが、お前などもういらない。

嗜虐的《しぎゃくてき》な思考が村人たちの脳裏を駆け巡る。

「村から出ていけ、裏切り者の馬鹿娘が！」

「ふん、こんな出来損ないはもういらんわい！」

「そうだそうだ、欲しけりゃさっさと連れていけ。二度と戻ってくるな！」

一人が言い出せば別の者が次の罵倒を引き継ぐ。言葉が尽きない。まるでさざ波のようだ。

村人たちの心はごく少数を除いて一致していた。

リリアごときを引き留めさせられた。こちらの説得も聞かず我儘《わがまま》ばかり言われた。

そのような先ほどまでの鬱憤《うっぷん》を少しでも晴らしたいと。

その時点で彼らは大切な癒《いや》し手であるエルシアを自分たちが放置していることに気づ

いていなかった。

そして最大の過失は、エルシアがリリアを我が子のように愛おしんでいた事実さえその頭から抜けていたことである。

その日、村に雷は二度落ちた。

「がっ」

いや二度ではなく、何度も何度も。

「ぎゃっ」

「あっ」

「ひぎ」

「……大丈夫です、ええ、大丈夫。命は奪いませんから」

癒《いや》し手でありながら癒《いや》し手だけではないモノは微笑む。

細められた瞳を血のような真紅に染めて。

「だから痛みを安心して存分に味わってください」

その後村人の総数、いやその倍の数、奇妙な雷は落ち続けたのだった。

◆◆◆

「これが、魔王の力……なのか？」

「いや普通にあの姐《ねえ》さんの魔力だと思うぜ」

次々と生まれる雷が村人たちを正確に狙い打っている。

一人一回というわけではなく、何度も、何度もだ。

逃げ回ってもそれこそ疾風迅雷で追いかけてくる。

そして村人が痛みで気を失っても新たな落雷が苦痛と共に起床させる。

拷問や刑罰の中でもかなりの上位に食い込みそうな制裁を、エルシアは涼しげな顔で行っていた。

ただ先ほどまで薄い水色だった瞳だけが、今は輝く赤に変わっている。

「おそらく、双方の力でしょうね」

そうロザリエは冷静に結論付けた。

騎士たちに護衛されるように囲まれながら、レストとリリアは蒼白な顔でその光景を凝視している。

そしてレストの横には彼に抱えられるようにして立っているミゼリの姿があった。

男による暴行の痕《あと》はリリアによって完治していたが、それでも顔には疲労の色が濃く塗られていた。

よろよろと建物から出てきた彼女に慌ててリリアが駆け寄る。

「まだ、横になっていたほうが……」

「こんなに騒がしくて、眠っていられるわけがないでしょう」

不貞腐《ふてくさ》れたように年上の薬師《くすし》は返した。

「……けれど、助けてくれたことには感謝します」

ミゼリは自分の身に起こったことも己を救った存在のことも正しく把握していて、そして相手に抱える感情を横に置いて礼を言う程度の常識を持っていた。

ただそのような理性的な女性でも、目の前の光景には呆けたように口を開けた。

「こんなの、癒《いや》し手でも、いいえ聖女でもない……罰を与える女神の類じゃないですか」

——母はこのような存在に嫉妬したまま死んだのか。

それは口には出さず、ミゼリはロザリエに声をかけた。

女騎士の足元には彼女によって既に制裁が行われていた傷だらけのヨシアがいて、腰を抜かしながら震えていた。

その人物こそが少し前にミゼリを殺しかけた犯人だ。だが薬師《くすし》の目には怒りよりも、別の感情が宿っている。

「騎士様、その男を村人たちの中に投げ入れてほしいのですけれど」

「あの雷と愚者のダンスパーティーに？　……それはいいわね」

ロザリエは即座に賛同し、二人の部下にそう指示した。

情けなく悲鳴を上げながら放り投げられた彼に、待っていたとばかりに雷が落ちる。しかも早い間隔で何度も。

やっぱり、傷が治っている。そう確信の声を上げたのは薬師《くすし》と女騎士双方だった。

「最初は悲鳴が次第に大きくなっているのが気になっていたけれど、あの雷……治癒と活性化の効果もあるんじゃないかしら。ほら、だって先ほど自分で腹を刺したご老人、すごく元気に雷から逃げ回っているもの」

遠くから鹿の群れでも指差すようにロザリエが言う。

「そもそも雷に打たれた直後に走り回れることが異常です。しかも老人たちの動きではない」

二人の女性の言葉に戻ってきた赤毛の騎士は複雑な表情を浮かべた。

「じゃあ、なんですか、あの処刑会場の正体はすげー痛いけどすげー効く雷治療の無料体験会ってやつですか」

「貴方《あなた》も受けてきたら、グラジオ？　最近腰が痛いって言っていたじゃない」

「遠慮しときます……」

引きつった顔で後ずさる同僚の横で、金色の騎士は考え込んでいた。

そして黒髪の癒《いや》し手に声をかける。

「……だから、止めないのか？」

突然自らに投げられた質問にリリアは少しだけ目を泳がせて「そういった部分も、あります」と小さな声で言った。

つまりそうでない理由もあるのだろう。人間らしくて何よりだとアドニスは思った。

◆◆◆

「私がこの村に癒《いや》し手として残ります。だからリリアは自由にさせてあげてください」

村人たちに深々と頭を下げるエルシアは、娘思いの健気な母親に見えた。

その少し前まで行われていた出来事を知らなければの話だが。

痛めつけては即座に癒《いや》し、回復と同時に再度痛めつける。

攻撃手段を持った癒《いや》し手は一流の拷問官になれるのだということをその場の全員に教え込んで、銀の聖女の制裁ショーは終わった。

雷を何度も受け続けた村人たちは放心したり、恐怖に怯《おび》えたり、何かに目覚めたような顔をしてエルシアを拝んでいたりした。

それぞれに違う反応だが、誰一人彼女に逆らおうとする者はいない。

「よかったじゃん、村にはエルシアさんが残ってくれるってよ。お前らの願い通りにな」

そう薄ら笑いを浮かべながらグラジオは村人を煽《あお》る。

しかし彼らにはよそ者の挑発に憤《いきどお》るほどの気力は残されていなかった。怒ることも喜ぶこともせず、視線を逸《そ》らす。

不気味に感じるほどの静かさだ。

その空気を壊すように、ロザリエがパンパンと手を打ち鳴らす。

「もう夜も遅いわ。体調に問題がある者以外は自宅に戻りなさい。そして各自一晩頭を冷やすように」

女騎士の言葉に不気味なほど従順に従い、村人たちは散らばっていった。

一人去り、二人去り、そして先ほどとは違う夜の静けさが戻ってくる。

「じゃあ、私たちも我が家に帰りましょうか」

エルシアは微笑むとリリアの手を掴む。

リリアは握られた手を穴が開くほど見つめた後、泣き笑いの顔で「うん」と答えた。

まるで幼子に戻ったような黒髪の癒《いや》し手に対し女騎士は難しい顔を、そして金色の騎士は少しだけ考え込むような表情を浮かべる。

エルシアが戻った今、彼女はこの村を出たいと思うだろうか。それを明日には確かめなければいけない。

そんな二人の肩を後ろから抱いて強引に歩かせようとする人物がいた。グラジオだ。

「エルシアさんって料理得意っすか？　俺、久しぶりに辛いものとか食いたい気分なんすけど」

「あら、どうでしょう。最近は作っていませんが、それなりには」

「いやー絶対美味いって！　村長も薬師《くすし》さんもご馳走になるよな、リリアちゃんの先生の料理！」

グラジオはレストとミゼリも誘って豪快に笑う。

ただ食事に誘うだけではなく、先ほど途絶えた話の続きをする意図が彼にはあった。

騎士三人とレストとミゼリ、そしてリリアとエルシア。

他の村人が全員立ち去ったのを見届けて、この七名も癒《いや》し手の家へ入った。

引っ越しの準備で家具が減っている室内を、それでもエルシアは懐かしそうに見回した。

その後皆に茶を振る舞おうと台所へ向かうのを、リリアが必死に阻止した。

「私がっ、私がやりますから……行かないで」

「アドニス、リリアの手伝いを。エルシア殿、私が言う立場ではないけれど、貴方《あなた》はお座りになってください」

ロザリエが女主人のような貫禄で場を取り仕切る。エルシアはなんの反論もせずその通りにした。

彼女が椅子に座ったのを見てリリアがほっとしたように表情を緩める。

金色の騎士を伴い彼女が客間から退出した後、銀色の聖女は迂闊《うかつ》でしたと自省の言葉を口にした。

「私は料理中に突然消えたのでしたね」

そう口にするエルシアに、レストが火事にならなくて何よりでしたとどこかずれた慰めの言葉をかける。

その台詞《せりふ》にのったのはグラジオだった。

「確かにその通りだぜ、向こうにも事情があったかもしれないが、いきなり召喚するなんて勝手すぎる。しかも挙句の果てに魔王を封印するための囮《おとり》に使うなんて、ひでぇことするもんだ」

そう呆れたように言う赤毛の騎士を前にエルシアは無表情に近い微笑を浮かべていた。

「私はそういう運命なのかもしれません。民に利用され、民のために終わる」

「エルシア殿」

「……と、リリアと出会う前の私なら思考停止していたでしょう」

でも今は違う。そうエルシアは目を伏せた。

「私は今回、世界の安寧よりも自分の欲を優先したので戻ってこられました。……魔王の力をこの世界に引き入れることになっても」

「そのことなのだけれど、その魔王とやらは今……貴方《あなた》の中にいるのかしら？」

「よくおわかりになりましたね。その通りです」

意外なほど穏やかにエルシアは認める。

「私が隙を見せた時、魔王はあえて消耗した肉体を捨て、精神体となって私に取り憑《つ》こうとしました。なので私の中に封印して閉じ込めています」

むしろ封印するためにわざと隙を作ったのではと疑うほど淡々と銀髪の聖女は語る。

「そう、それで魔王を自らに封じた影響は……」

「あります。だから先ほど村の人たちに怒ってあんな拷問をしてしまいました」

「……それはリリアへの暴言に養い親である貴方《あなた》が怒ったからではなく？」

「はい。怒りの感情は私のものです。ですがエルギア……別世界の魔王が私の中でその感情を扇動してきます。……私がこれぐらいならしてもいいかなと思える絶妙な報復方法を提案してくるので、困っています」

大真面目な顔で言うエルシアにロザリエは拍子抜けしたような表情を浮かべる。

「……つまりさっきの制裁は魔王直伝かよ」

冷や汗を垂らしながら赤毛の騎士が呟いた。

「でも誤解しないでいただきたいのですが、私はエルギアに操られているわけではないのです。だから、村人たちへの暴力はあくまで私の意思で行ったものです」

エルシアは揺るぎない瞳で宣言する。

「つまり私は貴方《あなた》たち騎士に罪人として捕縛されても仕方がないと思っています」

「それはしません」

続けられた言葉をロザリエは即座に否定する。

「聖女エルシア、申し訳ないけれど私は貴方《あなた》の存在を表に出したくないと思っているわ」

彼女の力は治癒能力だけではない。攻撃にも長けている。いや長けているどころではない。

別世界とはいえ魔王と一対一で戦えるほどなのだ。

その力の存在が公になれば、間違いなく利用しようとする輩《やから》が現れるだろう。

国がエルシアの力を軍事力として使おうとすることも充分考えられる。

彼女の力を頼りに隣国に戦争を仕掛ける可能性だってゼロではない。

「……貴方《あなた》の力は影響力がありすぎる」

「自分でもそう思います」

当然のように言いながら、その表情にはどこか陰りが見える。

「……その証拠に、私が暮らしたこの村も歪《ゆが》んでしまった」

エルシアはぽつりと呟いた。

「彼らがリリアにした仕打ちは許せません。だから私はここで暮らします」

「えっ」

エルシアの宣言に、村長であるレストが驚いたように声を上げる。

銀髪の聖女は淡々と村人とのやり取りの結果を告げた。

「先ほど村人たちに許可は得ました。リリアは出ていかせる、そして私は残ると」

「いや、でも……エルシアさんもリリアと一緒に暮らしたほうがいいのではないですか」

「いいえ、私はこの村で住人と一緒に彼女に償《つぐな》う方法を考えながら暮らします」

「償《つぐな》う？」

グラジオが首を傾げながら問いかける。

「はい、償《つぐな》いです」

エルシアは復唱し頷く。

「まず村人たちの性根を叩き直します。彼らは私を恐れているので、しばらくは従順でいてくれるでしょう」

「奴らはもう手遅れだと思うぜ」

「いいえ、大丈夫です、彼らはまだ恐怖を感じる心を持っています。話は通じます。十年かけて歪《ゆが》んだものなら、十年かけて正していけばいいんです」

そうエルシアは宣言する。

「それにこの小さな村で暮らしながら、自分の中の魔王との付き合い方を考えていきたいと思って」

銀髪の聖女に説明され、騎士たちは承諾した。

「ならば、リリアには申し訳ないけれど私も村長として村に残ったほうがいいでしょう」

レストが自らの身の振り方について口にする。

「名ばかりの立場でも、村長の肩書が役に立つ時はあるかもしれません、それに……」

村長の屋敷は隠し部屋や隠し通路が多いのだと、こっそり青年は語る。

過去に隠れて魔神を信仰していた名残なのかもしれないとも。

「エルシアさんが万が一、国や誰かに追われることになったら使ってください。……昔、命を救ってもらったお礼です」

どこか眩しそうなものを見る目で、青年は当時と全く変わらない美女に笑いかけた。

◆◆◆

台所で金と黒の男女はもたもたと茶の準備をしていた。

慣れた作業だというのに茶葉を用意するリリアの手つきは遅い。

それを急かすこともせず、金色の騎士は静かな表情で見つめていた。

どうせ湯が沸くまでここから動くことはないのだ。

だが黒髪の乙女の動作が緩慢なのはそれが理由ではないだろう。

「……いいのか？」

アドニスがゆっくりと尋ねる。

リリアはまるで木を揺らされた栗鼠《りす》のように肩を跳ねさせた。

「お前が今手に持っているハーブは覚醒効果があるものだと前に言っていたが」

今はもう既に夜である。そう金色の騎士が窓の外を指差して伝えるとリリアは茶葉を取り落としそうになった。

アドニスは茶の入った袋をさりげなく彼女の手から取り上げ台の上に置く。

「あっ、そうですね。こんな、眠れなくなってしま、私、ごめんなさい」

「謝る必要はない」

すっかりリリア専用の口癖になってしまった言葉を金色の騎士は静かに告げた。

「……はい」

「ここは俺一人でも平気だ。気になるなら今からでも合流したほうがいい」

エルシアがいる場所へ。そうアドニスが口にすると、リリアは大きく目を見開いた。

そして慌てたようにいいえと首を振る。客人に茶の用意を任せることに気が咎《とが》めているだけではないだろう。

「いいえ、私、ここにいたいです。アドニスさんこそ皆さんと寛《くつろ》いで……」

「断る。もし今度はお前が一人で召喚されたらどうする」

エルシアの件を口に出し、騎士はこの場から立ち去るのを断った。

それを冗談だと解釈し黒髪の癒《いや》し手はわずかな笑みを浮かべる。

「大丈夫ですよ、私なんかを召喚してもなんの役にも立ちませんから」

ここ最近の生活で少しは上がったかと思ったリリアの自己評価が、皮肉なことにエルシアの出現でまた下がったようだ。

先ほどからの不安定な様子もリリアの自虐と何か関わりがあるのだろうか。とりあえずアドニスはリリアの言葉を否定した。

「お前には治癒魔法だけでなく薬草の知識もある。身一つで連れ去られても無能扱いはされないだろう。……だからといって攫《さら》われるな」

アドニスが大真面目に念押しをすると、リリアはこくこくと頷いた。

その後、有難うございますという小声の礼をアドニスは聞かなかったふりをする。先ほどの発言は事実を述べただけで、慰める意図があったわけではないからだ。

「……あ、あの……騎士様たちは、私より先生のほうを連れていったほうが、きっと助かりますよね」

だが、その言葉にはさすがに反応せざるを得ない。

「……自分は村に残る、お前は村を出る。そう先ほど銀の聖女本人が宣言していただろう」

聞いていなかったのか、そう若干きつめに言われてリリアは聞いていましたと反射的に答える。

彼女の言いたいことも察してほしいことも大体はわかる。

十年間比較され続けた、半ば神格化されていた対象が突然戻ってきたのだ。

そしてその場にはリリアの癒《いや》し手の能力を求めた自分たちがいた。

ロザリエたちに必要なのは自分ではなく、己より優れた能力を持つエルシアのほうではないか。そう考えるのは異常ではない。

ただ、アドニスとしては心外だった。

長年培《つちか》われたリリアの卑屈さは理解している。

自分と彼女の付き合いがそこまで長いものでないことも理解している。

それでも少し寂しかった。

「ロザリエ様がお前の養い親を癒《いや》し手として誘うことは有り得るかもしれない」

そう正直にアドニスは口にする。

だがもし彼女を誘っても断られるだろうという予感はしていた。

エルシアの存在は騎士団の癒《いや》し手という枠では制御しきれない。

「だが、だからといってお前をこの村から連れ出す約束がなくなることは絶対にない」

連れていけと言っただろう。

アドニスは真剣な目をしてリリアの小さな手を自らの手で掴んだ。

「騎士は約束を破らない」

「アドニスさん……」

「お前は俺が連れていく。迷うな」

信じろ。そう言葉少なに言われてリリアは幼子のように頬を真っ赤にして頷いた。

「アドニスさんは……」

アドニスさんはどうして私なんかに優しくしてくれるのですか。

リリアが遠慮がちに問いかける。

わずかな期待に色づいた頬を恥じるように掌《てのひら》で隠して。

「やっぱりロザリエ様が、私に優しくしてくださるからですか」

「それは……」

確かにきっかけではある。そう口にしようとして、アドニスは言い淀んだ。

優秀な癒《いや》し手である彼女を引き抜いてそばに置きたいというのは上司であるロザリエの意向だ。

だが己がリリアをこの村から連れ出したいと思ったのは、ここにいれば彼女は不幸にしかならないと思ったからだ。

最初は優秀な能力が不当な扱いを受けていることへの苛立《いらだ》ちもあったかもしれない。

次に、この痩《や》せこけて顔色の悪い娘をどうにかしたいと感じた。

アドニスが出した料理を目をきらきらさせながら貪《むさぼ》って、食べすぎて吐いた時に、庇《ひ》護《ご》しなければいけないと強く感じた。

身も心も健康にして、ちゃんと生きられるようになるまで面倒を見なければいけないと。

だが、リリアの保護者は突然別世界から戻ってきた。

彼女は村人に力で制裁を加え、今後も穏やかな外見に似合わない厳しさで躾《しつ》けていくのだろう。

この家に戻る前、エルシアがあえて低姿勢な口調で村人たちに話しかけたのは『試験』だ。

もし彼女の台詞《せりふ》をそのまま受け取り、村人たちがいつもの傲慢《ごうまん》な調子でいたなら彼らはおそらく今この世にはいない。

そのことに自分以外の騎士たちも気づいているだろう。生と死の紙一重のあの空気を感じていたはずだ。

だから本当は、リリアをこの村から連れていく必要などもはやないのかもしれない。

ロザリエの監視下で彼女の大切な養い子を虐待する度胸のある者はいないだろうから。

それなのに、自分はリリアをこの村から連れ出したいと思う。それは優しさなのだろうか。

行方不明だった養い親と一緒に暮らさせてやるべきではないだろうか。

そう考えてアドニスは初めて己の中の欲望に触れた。

自分が連れていきたいのだ。自分がこの幸薄そうな癒《いや》し手のそばにいて、色々と気を配りたいと思うのだ。

そして多分、自分が一番に懐かれたいと思っているのだ。理由はよくわからないが。

だからアドニスは正直に答えた。

「俺は優しくはない」

それから、何かを誓うように告げる。

「だがお前を村から連れていくのは命令でなく、紛れもない俺の意思だ」

この村から連れ出したら絶対健康的に太らせてやる。そう金色の騎士が早口で言い終わると同時に湯が沸く音がした。

◆◆◆

アドニスとリリアが運んできた茶を、それぞれが礼を言いながら口にする。

エルシアは養い子から手渡されたカップを懐かしそうに見つめ、中の液体を飲み干すと深く息を吐いた。

「この味……やっと、ここに帰ってこられたという気持ちになった気がする……」

「先生……」

「本当はまだ、帰ってきてよかったのか迷っているのだけれどね」

冗談めかしながらエルシアが口にする。その体には別世界の魔王が封じられているのだ。

それでも戻ってきてくれて嬉しいと珍しくリリアが強い口調で言う。

「先生が戻ってきてくれなかったら私……わたし……」

「ごめんなさい、リリア。軽率な発言でした」

茶器をテーブルに置くとエルシアは養い子を抱きしめた。

「貴女《あなた》に会いたくて仕方がなかったのは、私のほうなのにね」

強く、しかし大切そうに娘を抱く銀の髪の聖女。その光景に感極まったようにレストが目元をこすった。

ミゼリは先ほどから癒《いや》し手と騎士たちの会話に加わらず、かといって退出もせずにその場にいる。まるで観察しているかのように。

その彼女が初めてこの場で口を開く。淡々とした口調だった。

「それで、せっかく再会したのに貴女《あなた》たちはすぐに離れて暮らすの？」

数日以内には村を出ていくはずだろう、と薬師《くすし》はロザリエに話を振った。

「旅立ちまでの日数を延ばすことはできるわ」

女騎士は静かに言う。

けれどそれに首を振ったのは別世界から戻ってきたばかりの聖女だった。

「いいえ、予定通りにしてください。傷ついたこの娘に、新しい環境を与えてほしいの。それに、会おうと思えばいつでも会いに行けますから」

おっとりと微笑んでエルシアは言う。

「いや、この村と俺たちの拠点の距離だと行きだけで数日……」

グラジオの説明は聖女の微笑みを前に消える。

「それぐらいなら大丈夫。別の世界へ渡ることに比べればよっぽど近いですから」

そう重いのか軽いのかわからないジョークを口にしてエルシアはリリアの額を撫《な》でた。

「この村のことは私に全部預けて、貴女《あなた》は新天地で心を癒《いや》し、そして生き方を見つけなさい」

今度は私がここで貴女《あなた》を待ち続けるから。

そう優しく微笑む育ての母に、リリアはとうとう泣きながら抱き着いた。


村の初代癒《いや》し手であるエルシアが十年ぶりに別世界から帰還した。

彼女の弟子であり養い子であるリリアが騎士たちと共に村を出立したのはそれから数日経ってからだった。

なるべく早く村を出たほうがいいと親と子の双方が思っていても、結局どちらも別れ難かったのだ。それを汲《く》めないロザリエではなかった。

リリアはその短い期間の中でエルシアに料理を習い直したりして、二人は仲のいい母娘のように過ごした。

また空き家となる予定で片付けた診療所兼住居にエルシアが暮らすための家財などを用意しなおす必要もあった。

それには村長であるレストが自宅で余っている家具などを譲るかたちで大いに助けた。

レストはエルシアたちに宣言した通り、村長として村に残留することに決めた。

彼の護衛としてエルシアは申し分のない、いや過剰すぎる戦力だった。

新米村長に危害を加えれば彼女が黙っていないことを知って、今後もレストに無法な態度を取る村人はいないだろう。

そうロザリエは判断を下し、リリアも自分の誘いが断られたことについて不満を口にしたりしなかった。

別世界の魔王を宿したエルシアを村長であるレストは受け入れ、また強大な力を持つエルシアが若い彼の後ろ盾となる。

そういう協力体制が築け、更にレスト本人が村長職を続ける気でいるのなら、強引に村から連れ出す必要はない。

リリアはそうすんなりと納得した。

一方、薬師《くすし》であるミゼリは村を出ることにしたようだ。

「……私ぐらいは貴女《あなた》の言いなりになってもいいのでは？」

別に貴女《あなた》に言われたから村を出るわけではないですけれど。

そう綺麗に矛盾する台詞《せりふ》を続けて言いつつ、この年上の薬師《くすし》はリリアについていくつもりのようだった。

そしてあの夜確かに彼女を連れていくと宣言したリリアだが、今更ながらに狼狽《うろた》えた。発言を後悔しているわけではない。あの状況下の村に二人を置いていくわけにはいかないと思ったのは確かだ。

だが村から連れ出した後の具体的なことは考えていなかった。

そもそも元を辿《たど》ればリリアも連れ出される側だったのだ。無意識にロザリエのほうをちらちらと見てしまう。

村を訪れた時の状態が嘘のように輝く美貌を取り戻した女騎士は、どこか誇らしげな様子で微笑んだ。

「こういう時に頼る相手は私なのね」

いいわよ。二人ともまとめて私が面倒を見ます。

あっさりと、そしてどこか豪快に告げるロザリエにリリアはほっとした表情を浮かべた。

新しい住処と働き場所を得たミゼリがリリアの助手を名乗りだし、彼女が仰天することになるのはもう少し後の話になる。

第七章　村を捨てる日

リリアの旅立ちを村人たちは全員で見送った。

早朝だったが誰一人欠けることはなかった。当然彼らの意思ではない。エルシアが一軒一軒起こしに行ったのだ。

騎士たちは少し離れた馬車の前で出立の最終確認をしながら奇妙なものを見る目でそれを見ていた。

エルシアの前にはリリアだけが立っている。

「見えないところで何かされたら嫌でしょう?」

毒気のない表情で銀髪の聖女は微笑む。黒髪の癒《いや》し手は少しだけ迷った後に、頷いた。今までが今までだ。

村民の最後の悪足掻《わるあが》きを警戒したと口にしつつ、エルシアの表情に焦りはなかった。

彼女の背後に並ぶ老人たちの多くは眠そうにしている。それ以外は全員浮かない表情だった。

農業に携わっていれば早起きは日常茶飯事だが、彼らは随分とその仕事を怠《なま》けていた。前村長のヴェイドが魔物の姿で狩った獣を売って得た金や自らの財産を切り崩し村人たちを半分養うような真似をしていたからだ。

村人を見下し憎みながら、それでも村長として認められたくて住人へ必要以上に貢《みつ》ぎ奉仕する。

便利に扱うことのできる若い癒《いや》し手の存在だけでなく、劣等感に塗《まみ》れ媚《こ》びてくる村長の存在もまた村人を傲慢《ごうまん》にさせたのだ。

けれどその二人はもうこの村には存在しない。確かに癒《いや》しの能力を使える者ならいる。奇跡のような速度で傷を治す聖女、いや女神のような人物が。

だがその癒《いや》しは激しい痛みを前提とする。いや、痛めつけるために癒《いや》すのだ。

十年ぶりに村に戻ってきたのは慈愛に満ちたエルシアではない。そう村人はあの夜に思い知らされた。

彼らは終わりの見えない激痛と空から落ちてくる雷への恐怖で、エルシアの怒りを思い知った。

だから罰を受けた村人たちは銀髪の美女を前に思う。こんなものは癒《いや》し手ではない。恐ろしい魔女だと。

以前ヴェイドが語っていたエルシアの正体が魔族だという妄想さえ今なら信じられる。そしてそのように恐ろしい相手だからこそ、村人たちはその恐怖を口にすることは決してできなかった。

今も老人たちは怯《おび》えながらエルシアの背後に付き従っている。ただ黙って相手の機嫌を損ねないよう言いなりになっている。

そうしなければ酷い目に遭《あ》わされるから。

彼らが感じている絶望と恐怖は、皮肉にも彼らがリリアに与えていたものとよく似ていた。

村人たちの感情を知ってか知らずか、エルシアは養い子に優しく微笑む。

「……彼らに謝ってほしい？」

旅装束のリリアは、少し驚いた顔をして、そしてしばらく悩んでから首を振った。

「いいえ……許したくない、から」

許したくないから、謝ってほしくない。

そう固い表情と震えた声で口にするリリアに銀髪の聖女は少しだけ陰りのある笑顔を浮かべた。

「……謝られたからと言って、必ず許す必要はないのよ」

十年経っても優しい娘ね。エルシアはリリアを抱きしめる。

その十年は虐待と苦痛の十年だったと銀髪の聖女は知っている。

「私の可愛い娘。貴女《あなた》のこれからが幸福に満ちたものであることを祈ります。これまでの十年はこの村に捨てていきなさい」

「難しい、です。だって、私はもう沢山変わってしまったから、色々おかしくなってしまったから」

「……貴女《あなた》についた傷を癒《いや》せる力が私にあればよかったのに。私は無能な癒《いや》し手ね」

大切な人を守り癒《いや》すこともできない。深い悔悟《かいご》を口にしてエルシアは養い子から身を離した。

「行きなさいリリア、後ろの彼らは私が絶対にこの村から出さない。この村のことはもう考えなくていい」

貴女《あなた》を虐《しいた》げてきた者たちが村の外に出ることは絶対にない。

だから、この先には優しさと幸せしかないと、そう信じて、行きなさい。

まるで女神の託宣のようにエルシアはリリアに告げる。

黒髪の癒《いや》し手は頷いて、少し離れた場所に立つ騎士たちのもとへ走り去った。

リリアに一番早く駆け寄った騎士の顔を見つめ、エルシアは目を伏せ微笑む。

あの優しい娘でさえ見捨てるような、どうしようもないこの村。

今度彼女が戻ってくるまでに、少しはどうにかできるかしら。

そう独り言のように彼女は呟いて背後に向き直る。

「まずは全員明日から毎日朝四時に起きてください。規則正しい農民としてバリバリ働きましょう」

「なっ」

「それと怪我や病の治療はしますが薬草によるもの中心になります、癒《いや》しの術は基本お仕置きの時以外は使いません」

「そんな……」

「あ、リリアに戻ってこいとか叫んだらお仕置き対象になります」

「ひっ」

感動の別れを打ち消すようにエルシアはてきぱきと村人に今後の指針を告げる。それは命令だった。

これから普通の村民として普通の価値観を取り戻しましょう。そう告げる彼女の声はよく研《と》がれた刃物のようだった。

馬車が遠くへ駆けていく音を背中で聞きながら、エルシアはリリアたちに見せていた聖女めいた表情を完全に消した。

「貴方《あなた》たちの心と価値観を病ませてしまった私は癒《いや》し手失格です。リリアにも貴方《あなた》たちにも……十年かけて、じっくり償《つぐな》いますね」

多少の荒療治はご容赦ください。死にそうになった時は癒《いや》しますので安心してください。

そう淡々と宣言してお辞儀をする銀髪の聖女、いや村人にとっての魔女はその日「薬《くす》師《し》兼村長補佐」という肩書を若き村長から与えられた。

つまりこの村に癒《いや》し手はもういない。そういうことになる。

この村には、もうそんな存在はいないほうがいいのだ。

愛しい娘が追い詰められる原因となった『癒《いや》し手』など。

いやそれだけが原因ではないのだけれど。

「……いけないいけない、魔王のいる村にもならないようにしないと」

エルシアは、ほうと溜息を吐く。

村人たちへの憎しみに飲まれないように。己も村人たちも厳しく律して生きることにしよう。

固く決意をした彼女の内側で、別世界からの道連れが不服そうな声を上げた。

◆◆◆

「やっとあの村から出ることができたわね」

馬車の中、軽く伸びをしてロザリエが言う。

向かいに座るリリアは彼女の台詞《せりふ》に気まずそうな表情をした。

「申し訳ありません、私がぐずぐずしていたせいで……」

「えっ、いやそういう意味ではないのよ。むしろせっかくエルシアさんと再会できたのに早々に連れ出して、こちらこそ申し訳ないと思っているわ」

やや慌てた様子で女騎士は癒《いや》し手の謝罪に対し言葉を返した。

二人の騎士は馬で随伴しており、ミゼリは後続の馬車に乗っている。

つまり今この空間でロザリエとリリアは二人きりだった。

そして馬車の小さな窓からあの村が完全に見えなくなった途端、とてつもない解放感がロザリエを包んだ。

だがその感情をそのまま言葉に出してしまったのは完全に失敗だ。女騎士は内心反省する。

長年というほどではないが短くはない期間を一つ屋根の下で過ごしたせいで、リリアの前では気を抜きすぎてしまう。

リリアはなんというか、臆病で大人しい猫のようだ。怯《おび》えやすい部分はあるが、基本的に物静かで主張をしない。

騒がしい人間や押しの強い人間を、ロザリエはどちらかというと苦手としている。同族嫌悪とは違うものだと主張したい。

だから少し卑屈な部分はあるが、リリアの小動物のような佇《たたず》まいは好ましい部類に入る。

けれど彼女が本当に気弱で流されるだけの人間だとは思っていない。そのような部分はきっと後付けなのだ。

そのことを知るためにも村に滞在したあの期間は必要だった。そう女騎士は思う。

「大丈夫です。村を捨てるのは私の願いでしたから」

故郷に対し、出るという言葉でなく捨てるという表現で黒髪の癒《いや》し手は自らの行動を表した。

けれどその台詞《せりふ》に強い憎しみは感じられない。喜びもまたそこにはない。奇妙なほどに淡々として透き通っていた。

「嫌な思い出ばかりではないはずだけれど、もうあの村に住みたくはありません」

たとえ先生がいても。その言葉にロザリエは内心安堵する。

「不思議ですね、村にいた頃より、村から出た今のほうが強くそう思うんです」

「そういうものよ、多分」

離れたことで色々なしがらみから解き放たれたのだ、そうロザリエはリリアに伝えた。

そして改めて誓う。自分たちが新たに迎えるこの稀有《けう》な癒《いや》し手に、そのような嫌悪感を抱かせる環境は絶対に作らないと。

むしろ気に入ってもらわなければいけない。そのために居心地のいい空間を用意しなければ。

リリアが充分にリラックスできて寛《くつろ》げる環境を用意するのが、馬車から降りた後のロザリエの使命である。

そう、長年虐待されて臆病になった黒猫、いや癒《いや》し手が安心できる居場所を作ることが。

女騎士は窓の外に視線を向けた。金色の騎士が馬車を守るように馬で伴走している。

自分の部下である騎士アドニス。多分彼はリリアを気に入っている。いや気に入っているというか気になっている。

そして自分と同じようにこの黒髪の癒《いや》し手に対し気を許している。あの氷のように頑《かたく》なな男が。

　その理由はなんとなくわかる。ロザリエは口を開いた。

「リリアは猫が好き？」

「猫、ですか……多分好きです」

　猫が私を好きかはわからないですけれど。

　そう微妙に後ろ向きな言葉を付け足すのが彼女らしい。

「だったら、街について落ち着いたらアドニスの家に遊びに行くといいわ。猫が大量にいるから」

　そしてそれは全部元野良か捨て猫だ。

　飼い主に虐待されていたのを強引に連れ帰ったものもいるとグラジオが話していたのを聞いたことがある。

　アドニスという男のそういう部分を知っていると、彼がリリアをどのような感情で見ているのかはなんとなくわかる気がする。

　まあ、感情というのは変化するものだ。彼の庇護《ひご》欲が恋情を含むようになってもおかしくはない。

「猫……見たいです、できたら」

「多分触ることもできるわよ」

「撫《な》でることができたら……嬉しいです」

村を捨てたと発言した時よりも、新しい場所でまだ見ぬ猫たちとの触れ合いを夢見ている今の表情のほうがよほど好ましい。

アドニスとその猫たちにはせいぜい頑張ってリリアを歓待してもらおうとロザリエはそっと企んだ。

リリアには癒《いや》し手としての働きを当然期待している。だがそれと同じくらい彼女の心が喜びや楽しみを感じ晴れやかに変わるところを見ていたい。

もしかしたら自分もアドニスと同じ趣味なのかもしれない。

そうロザリエは冷たい窓に軽く額を触れさせた。

番外編

勇者を辞めた日

五百年前、私は勇者だった。

そして仲間と共に魔王を倒した。それと引き換えるように私は不老不死の呪いを受けた。

魔王の遺言通り私はこの数十年間少しも老いることがなかった。故に不老不死は事実であると判断された。

国に戻ってから二十年経った後、私は病で死んだことになった。当時の王の判断だった。

たとえそれが死ねない呪いであっても、死なないことが可能であると多くの人間に知られることは良くないことだ。若さを保ち続けられることも人の欲望を刺激する。

だから死んでほしい。そう言われて私は頷いた。

けれど本当に死ねるはずもなく、私は名前を隠し、国の外れに隠居することにした。

老いないことに気づかれないように数年ごとに住まいを変えた。全て王の手配だった。

それから更に三十年経った。

ある日、城から使いが来て、侵略戦争を始めるから陣頭に立てと伝えられた。王は三年前に亡くなりその息子が跡を継いでいた。

魔王討伐から既に五十年が経ち、当時の仲間は私以外皆老人になっていた。故人になった者もいた。

死んだことになっている私にわざわざ連絡をよこしたのはそういうことか、と思った。

魔王の討伐のために数か国から集められた仲間たちは、一騎当千の強者たちばかりだった。

その中でも私は最も強かったが、それでも二対一の勝負に持ち込まれれば負ける、そのくらいの力量差しかなかった。

だからこそ魔王を倒したら全員別の国で生き、二度と会わないことを選んだのだ。魔王の支配が終わった後は人同士の戦いになると予想していたから。訃報《ふほう》以外の便りは出さないことを約束し私たちは別れた。

私は使いの者を昏倒させ出奔《しゅっぽん》した。そして国を出た。人のいない枯れた地を探して転々としながら過ごした。

百年ほど経った後、人のいる場所に戻った。私のいないところで戦争は終わっていて、祖国は負けて属国となっていた。

人間同士の大戦争の結果、皮肉にも新たな魔物が増えていた。ある宮廷魔術師が別世界から召喚したらしい。その国は、人間の体を乗っ取るその魔物を戦力に利用しようとして逆に潰《つぶ》された。

魔物でありながら人間でもあるそれは時に魔物の姿で人間を狩り、時に人間の姿で強者から逃げおおせた。

そしてその魔物を崇拝する人間もいるという話だった。

私も名を隠し魔物狩りに参加したが、不老不死であっても体は一つしかない。色々な場所に潜《ひそ》むそれを殲滅《せんめつ》するには体が足りなかった。だから己の魔力を込めた武器を大量に作ることにした。

私が扱う光の力は魔物の弱点だ。出来上がったそれらを各国の騎士団に届けた。

五年ほど様子を見たが、目に見えて魔物の数は減っていった。

しかし結果として私の存在が広く知られることになってしまった。

魔王を討伐した勇者と気づかれなくても、人から外れた存在であると知られたら同じことだ。

私は剣を捨て、名だけでなく性別も変えることにした。なるべく戦いとは縁のなさそうな優しげな人間になるのがいいと思った。

かつて魔王を倒した時、一緒に旅をしていた銀髪の癒《いや》し手の儚《はかな》げな姿が思い浮かんだ。

勇者だった私は、エルシアという女性として生きることにした。

完全に別人となって生きていくのは新鮮な気持ちだった。

元々器用貧乏な人間だったから、剣だけでなく攻撃魔法も治癒魔法も使えた。

けれどそのどれも自分の知る専門家たちの足下にも及ばない。

昔共に戦った賢者の攻撃魔法は城内の魔物だけを瞬時に焼き尽くした。

癒《いや》し手の乙女は数十人を同時に癒《いや》しながら、敵のどんな攻撃も撥《は》ね除ける結界を同時に張った。

彼女の治癒魔法には、なんとも言えない心地よさを感じた。痛みと苦しみで疲弊した心まで癒《いや》すような、できるならいつまでも浴び続けていたいような危険な魅力があった。

けれど二人ともずっと前に故人になってしまった。二人だけではない、他の仲間たちもだろう。彼らは不老不死ではないのだから。

自分もそろそろ死にたいと思うようになった。

そして死ぬ方法を探すための旅が始まった。

百年経っても、どれだけ経っても、探しても探してもそれは見つからなかった。

永すぎる生にも、有り余る力に伴う終わらない義務にも飽いて、憂いて、けれどそれ以外の生き方を私は知らなかった。

子供を拾ったのは、そんな時だった。

親を盗賊に殺された少女。彼女はリリアと名乗った。

私が現場を見つけた時、血を流しきり動かなくなった両親にリリアは治癒魔法をかけ続けていた。それが治癒魔法であるとも知らずに。

そんな彼女を笑いながら嬲《なぶ》り殺しにしようとする盗賊を私は彼女と同じ光の魔力で焼き尽くした。救いようがないと判断したからだ。

直後に気を失った少女に私は慌てた。盗賊と言っても幼子の前で行うには無慈悲がすぎただろうか。

小さな体を抱え上げ、あまり得意ではない忘却魔法をかける。

その後少女の両親から形見になるようなものを拝借し、亡骸《なきがら》はその場に埋めて弔《とむら》った。

この子供が大人になったらもう一度この場所に来ようと誓い私はその場から去った。

育てるのは瞬きのような短い間だけ、この黒い髪の子供が一人で生きていけるようになるまで。それまでのつもりだった。

リリアという名の子供を連れて小さな村で暮らし始めた。

村長の孫の怪我を治したことで私はその集落に歓迎されていた。だからここでこの子供を育てようと思った。

もし私が去った後もこの村なら恩人の養い子を粗雑《そざつ》に扱いはしないだろうという目論《もくろ》見《み》があった。

一つだけ気がかりだったのは村長の息子だ。ヴェイドという名の彼は私の魔法を不気味そうな目で見ていた。

それは一度きりだったけれど、しかしその瞳は数えきれないほど見たものだった。

人から外れた力を使うものを人は恐れる。たとえそれが己の役に立つものだとしても。

現村長は私に対して非常に好意的だ。けれど老いている。世代交代は遠くないだろう。

「大丈夫よ、あの人は拗《す》ねているだけなの。自分が子供の頃に癒《いや》し手様がいてくれたらって思っているのよ。昔は体が弱くて狩りも畑仕事の手伝いもできなくて、他の子たちから馬鹿にされていたから」

そう採れたての野菜と卵を差し入れてくれながら笑う、ヴェイドの妻は快活な女性だった。

彼女は夫と違い私を怖がらなかった。けれど彼女は、決して私の治癒魔法に頼ろうとしなかった。

「ただの我儘《わがまま》なのよ。まだ子供なの。でも私ぐらいは馬鹿な我儘《わがまま》に付き合ってあげようと思って。さすがに死にそうになったら頭を下げてお願いしますけれど」

おどけながら言う夫人につられて笑う。

次期村長のヴェイドが私に良い感情を持っていなくても、彼女がいれば大丈夫だろう。

最悪の場合はリリアを連れて別の村へ行けばいい。

二人で暮らしていくだけならどこだっていい。

リリアには癒《いや》し手としての素質がある。彼女は光の魔力を持っていた。

望みさえすれば、人を癒《いや》すことも跡形もなく滅することもできるだろう。私がそうであるように。

それだけでなく、リリアの治癒は泣きたいほどの懐かしさを私にもたらした。

思い出の中にだけ存在した、奇跡のような優しい光。心に受けた苦痛まで癒《いや》し寄り添うような加護。いつか共に旅をした、優しい癒《いや》し手の乙女の微笑みが脳裏に蘇《よみがえ》る。

どうしてリリアが彼女と同じ性質の治癒を使えるのかはわからないけれど、リリアの持つ光は長き時を生きて渇き切った私の心を潤《うるお》した。

ただ、リリアの魔法に私ほどの威力はない。魔力の質は同じでも、保有量が少なすぎるのだ。

「あのねせんせい。リリア、せんせいと同じ、いやしてになりたい！」

けれどそう健気に言われれば、教えないでいられるわけがない。

彼女はまだ幼いのだから、肉体の成長に伴い魔力量だって増える可能性がある。

それにもしそうならなかった時に困らないよう、私は彼女に薬術を教えた。呪いを解くための旅の中で覚えたものだ。

リリアはとても根気強く、気力も集中力も充分な弟子だった。

急に両親を失い、他人と暮らすようになったというのにリリアはその運命を受け入れ必死に前を向いて生きようとしていた。ただその分だけ疲れや苦しみを口にせず、一人で耐えようとする癖がある。

そんな不器用で懸命な彼女から私はいつからか目が離せなくなっていた。憐《あわ》れみだけでない。

小さな命が必死に生きていこうとする強い輝きに、私の心にも初めて命が灯ったのだ。

ずっと「役割」だけで生きてきた。魔王を倒せるから魔王を倒し、民に悪影響を与えないためと言われて死んだことにした。かけがえのない仲間とも二度と会わないことを選んだ。

人から突出した私の力は神から与えられたものであり、私欲のために使ってはいけない。私の身も心も私のものではない。

そう自分を産んだ人間や、大人や、王に言い聞かされ、愚直にそれを守り数百年生きてきた。

けれど私は今この時思う。

今でも「役割」を突きつけられたら従ってしまうだろう。無辜《むこ》の民を救うために死ねと言われたら死を選ぶだろう。私にかけられた呪いは不老不死だけではない。けれど。

きっと私はリリアの敵を許さない。それだけは絶対に許さない。それがどんなに正しい存在だとしても。それがどんなに弱い存在だとしても。

リリアの前で殺しはしない。彼女に人を殺す私の姿を見せたくないから。

でも苦しめるだろう。怒りに笑いながら裁くだろう。

私はもう勇者ではない。リリアの師であり、家族であるだけの人間だ。

そう、何十回目になる実感を夜の闇の中でする。傍《かたわ》らには健やかな寝息がある。リリアのものだ。

眠る時一人になるのを怖がる彼女に合わせ、一つの寝台で共に眠る。

そうするようになって初めて、私は自分が人のぬくもりを泣きたくなるほど恋しがっていたことに気づいた。

あと数年もすればこんな夜を過ごすこともなくなるだろう。幼子は少女になり乙女になる。そしてその度に私に新たな感情を教えてくれるのだろう。

「私が誰かの家族になれるなんて、思わなかった」

眠るリリアの頬に触れる。柔らかで温かで、無条件に祝福されるべき存在だと思った。

彼女はどんな大人になるのだろう。今のままなら優しくて少し気が強くて、よく笑う魅力的な娘になるに違いない。

「貴女《あなた》を愛して一生守るって誓ってくれる人が現れるまで、私のお姫様でいてね」

そう囁《ささや》くと、聞こえたわけでもないだろうに子供はふにゃりと笑った。

もしそんな存在が現れた時、私は笑って愛し子の手を放せるだろうか。

そう思いながら目を閉じた。

書き下ろし番外編

甘く綻《ほころ》ぶ感情

「今日はこの村で一泊するわよ」

それなりに賑わいのある大衆食堂。

肉と野菜をふんだんに使った昼食を優雅に口にしつつ、女騎士ロザリエは宣言した。

「えっ……」

彼女の言葉に黒髪の女性が小さく驚きの声を上げる。

小柄で華奢《きゃしゃ》な体の前には、具沢山のスープと小さめのパンが置かれていた。

少女のような女性の名前はリリア。少し前まで辺境の村で癒《いや》し手を行っていた人物だ。

現在は村を出て、貴族であるロザリエの屋敷がある王都へ向かう途中だった。

このイゾルト村は目的地の王都まで馬車で片道二時間ほどの距離、そして今の時刻は昼。

なので、リリアはここでは昼食と休憩を取るだけだと思っていたのだ。

癒《いや》し手の娘は無意識に隣の卓に座っている金髪の騎士に視線を向かわせる。

まるで絵画から抜け出したような金髪碧眼《へきがん》の美男子の名前はアドニス。

彼はロザリエの部下で、料理を得意としていた。

長年老人たちに虐《しいた》げられ続け、栄養失調一歩手前だったリリアを旅ができるまでに回復させた功労者の一人だ。

村から出るのを妨害する村長や老人たちから彼女を守ったことも含め、黒髪の癒《いや》し手から絶大な信頼を寄せられていた。

しかし彼より先に口を開いた者がいる。同じ卓を囲んでいた同僚のグラジオだった。

「我らがロザリエ姫様は、完璧なコンディションで王都に凱旋《がいせん》したいんですな」

赤毛に琥珀色《こはくいろ》の瞳をした騎士はおどけた口調でそう嘯《うそぶ》く。

グラジオはロザリエの年の離れた乳兄弟で、そのため彼女に対し遠慮がないのだ。

「言い方が気になるけれど、その通りよ、せっかく顔が元に戻ったのだもの」

派手な美貌に大輪の花のような微笑みを浮かべて、ロザリエが肯定する。

そこには女神のような完璧な美しさがあった。

暗闇でも輝きそうな金の髪に意志の強そうな濃い青の瞳。

唇は魅惑的な赤に塗られ、長い睫毛《まつげ》は呼吸の度繊細に揺れる。

絶世の美男子の見本がアドニスなら、傾国の美女の見本はロザリエだった。

「全部リリアのおかげ、私の持っている宝石全て捧げても足りないぐらい感謝しているわ」

「そっ、そんな……私は何もして……いえ、しました、けれど……」

反射的に出た否定をリリアは途中で修正した。そのためどこか不自然な台詞《せりふ》になる。

しかしそれを揶揄《やゆ》する者はいない。

むしろ子供の成長を喜ぶ親のような眼差しを、ロザリエも二人の騎士も浮かべていた。

虐待され続け、心を折られきったリリアの傷が癒えるには長い時間が必要になる。

だからこそ、彼女のわずかな変化を村から連れ出した騎士たちは喜んでいるのだ。

「このまま家族に顔を見せても喜んでくれるとは思う。でも私は欲深いからもっと磨き上げて、最高の姿をお披露目したいのよ」

お願いだから私の我儘《わがまま》に付き合って頂戴。ロザリエは懇願《こんがん》する。

完璧な美貌に少女のような笑みと台詞《せりふ》で告げられ、否定できる者はこの場にはいなかった。


イゾルト村は住人こそ多くないが、通りは街と見間違うほど賑わっている。

大きな理由は二つ。一つは王都に立ち入る前に身だしなみを整え、休憩したいと願う旅人たちの宿場として。

そしてもう一つは、この村に温泉という名物があることだった。

「しかも効能に美肌があるのよ、せっかく立ち寄ったのに入らなきゃ損じゃない」

ロザリエの主張に反対する者はいなかった。

「宿と馬房の手配はしているわ。貴女《あなた》たちはどうしたいかしら？」

私は宿で温泉と美容マッサージを楽しんでゆっくりするけれど。

そう尋ねる女騎士の視線の先には二人の女性がいた。

「私は自分の部屋にいます」

すぐに答えたのは女性陣の中で最年長のミゼリだった。

彼女は化粧っけのない顔に不愛想を張り付け、ロザリエに告げる。

「そう、外出は自由にしていいわよ。ああ、お金もあったほうがいいわね……」

「結構です、手持ちがありますので」

小遣いを与えようとする女騎士の言葉をミゼリは遮《さえぎ》る。

ロザリエはわかったわと納得した。

「そういえばリリア、貴女《あなた》は買い物もあまりしたことがないのよね？」

「えっ、あっ、はい……すみません」

「謝る必要はないわ、あんな生活をしていたら当然のことだもの」

女騎士は黒の癒《いや》し手を労《いた》わるように言う。

事実リリアは村で暮らした十年間、重労働のわりにまともな対価を得ることがなかった。

金銭どころか、捨てる前の野菜などしか報酬として与えられず生きてきたのだ。

「でも王都で暮らしていくならお金でのやり取りは必ずあるわ。だから今日ここで練習していきなさい」

「練習……ですか？」

「そう、練習。この村は色々なものを売っているわ。このお金で好きなものを買いなさい！」

その言葉と同時に、リリアの小さな手にずっしりとした重みの革袋が置かれる。

予想以上の重量に取り落としそうになったのを、横から金髪の騎士が無言で支えた。

「あっ、有難うございます」

「気にしないでいい」

つかえながらもアドニスの目を見てリリアは礼を言う。

それに美貌の騎士は静かな表情で頷いた。

二人の様子を眺めていたロザリエは、ふむと呟く。

「アドニス、貴方《あなた》はリリアの護衛と教師役をしなさい」

「了解しました……教師？」

女騎士からの護衛命令を即座に受領したアドニスは、しかし疑問を浮かべる。

ロザリエは薔薇のような笑みを浮かべ、二人の男女が持つ革袋を指差した。

「二人で一緒に店を回って買い物の練習をするのよ」

「なら、俺は久しぶりに昼酒でもじっくり楽しもうかなっと。お土産よろしく」

そんな言葉と共に意味深な目配せをしてくるグラジオを、アドニスは無視した。

「そういうことなら買い物には俺たち二人が行きます。ロザリエ様、補充が必要なものはございますか」

あるならそれも購入してくるという部下の言葉に、女騎士は首を振りかけて止める。

そして悪戯《いたずら》っぽい笑みで紅色の唇を開いた。

「なら私にもお土産を頂戴。二人で考えた、私が喜びそうなものをね」

楽しみにしているわよ。

そう口にすると大輪の薔薇のような女性は、赤毛の騎士を伴い去っていったのだった。

◆◆◆

「ロザリエさんとグラジオさんへのお土産……何を買えばいいのでしょう」

そう不安そうな顔で呟きながら、リリアは村の大通りを歩く。

彼女をさり気なく歩行者から庇《かば》っていたアドニスは、わずかな沈黙の後返答した。

「別にグラジオの分は不要だと思うが」

「でも、グラジオさんにも沢山お世話になりましたし……お酒でいいでしょうか」

「酒はまあ、普段なら喜ぶだろうが……」

「今だと駄目ですか?」

「今日は自分で好きなだけ飲むだろうし、結果明日は二日酔いになっていると思う」

同僚の行動を予測したアドニスの言葉に、リリアはなるほどと小さな声で呟いた。

「別に奴のことは考えなくていい、酒で良ければ俺が適当に買っておく」

「わかりました、アドニスさんがそう言うのなら……でも、そうなると……」

ロザリエさんの喜ぶお土産って、何を買えばいいのでしょう。

深い溜息を吐きながら言う黒髪の乙女に、アドニスは一休みしようと声をかけた。

もう軽く一時間は歩いている。同じ道を行ったり来たりもしていた。

それも全部ロザリエの出したお題を達成するためだ。

しかしリリアにもアドニスにも、ロザリエが喜びそうな土産物を見つけることができなかった。

金の騎士の案内で、大通りから少し外れたところにある喫茶店に入る。

「本当に、街みたいですね。ここが村なんて、とても思えません……」

そううっとりと口にするリリアに、アドニスは無意識に薄く笑みを浮かべた。

「ここは甘味も充実している。好きなものを頼むと良い」

「はっ、はい……あっ」

「どうした？」

「料理の名前が……知らないものばかりで……田舎者ですみません」

顔を真っ赤にして消え入りそうな声で言うリリアに、アドニスは一瞬言葉を失う。

彼にとっては奇抜なものなど何一つないありふれたメニューばかりだった。

しかしリリアは人生のほとんどを、店などろくにない村で過ごしてきたのだ。

己の想像力のなさに反省しながら、金髪の騎士は一つずつ丁寧に料理を説明した。

熱心にそれを聞いていたリリアだが、結局彼女が頼んだのは一番安い飲み物だった。

そしてそれを予想していたアドニスが、彼女の好きそうなデザートを追加で注文する。
やがて二人のテーブルには、ミルクティーとチョコレートケーキが一組ずつ並んだ。
アドニスがそれらに手をつけると、リリアもゆっくりとケーキを食べ始める。
まるで母猫の真似をして食事をする子猫のようだと金髪の騎士は思った。
「あっ、すごく美味しいです……、甘くて、本当に美味しい……！」
味を気に入ったらしいリリアは、黙々とチョコレートケーキを口に運び続けた。
そして半分ほど食べたところで、ようやく顔を上げる。
よほど夢中になっていたらしい、小さな唇の横にケーキの欠片《かけら》がついている。
アドニスはなんとなくそれを自らの指先でつまんだ。
しかし直後、成人女性に対しての行動ではないと気づく。
先ほどの連想のせいか、母猫の真似をしてしまったようだ。
気の弱いリリアは頬を真っ赤にして泣いてしまうのではないか。
けれど焦りながら見た相手はアドニスの予想を裏切った。
「有難うございます、先生……あっ、間違えました！」
人違いに照れるリリアから、異性に顔を触れられたという羞恥《しゅうち》は感じられなかった。
想像以上の無垢さに、金髪の騎士は彼女への保護欲が一層強まるのを感じた。

彼女が学ぶべきものは買い物の仕方だけでなく、異性への警戒方法もだ。

王都には男が山程いる。そして稀有《けう》な癒《いや》し手である彼女に近づく者も出てくるだろう。

いや、治癒の能力だけがリリアの価値ではない。

艶の増えた長い黒髪と、華奢《きゃしゃ》な手足、臆病な小動物のような黒目がちの瞳。

それを自分だけのものにしたがる男だって絶対いる。

それが己の欲望を映したものだと気づかないまま、氷色の瞳をした騎士は癒《いや》し手を案じた。

向かいに座るそんなアドニスの内面に気づかず、リリアは無邪気に口を開く。

「そうだ、アドニスさん。私、今思いついたのですけれど…ロザリエさんに化粧水を作るのはどうでしょうか」

「化粧水?」

「はい、色んな種類の薬草を売っているお店があったので……それを材料にしてロザリエさんの肌に合ったものを作れたらと。調合は宿でできると思います」

「化粧水か……絶対喜ぶな。良い考えだと思う」

彼女はリリアの薬師《くすし》としての技量にも、絶大な信頼を寄せている。

リリア手製の化粧品など大金を出してでも欲しがるはずだ。そうアドニスは考えた。

「それと、グラジオさんにも二日酔いの薬を作って差し上げようかと」

「そうか、リリアは本当に優しいな」

何気なく言ったアドニスの言葉に、黒髪の癒《いや》し手は何故か頬を染めた。

「……どうした？　顔が真っ赤だぞ」

それに不思議がる騎士に、リリアも同じぐらい戸惑った表情で呟く。

「アドニスさんに久しぶりに名前を呼ばれて……なんだか、恥ずかしくなっちゃって。あっ、でも決して嫌な気持ちじゃないんです！　むしろ、嬉しいというか……」

「そ、そうか……嬉しいなら、いい」

慌てた様子で口にするリリアと、つられて頬を染めるアドニス。

二人の間に流れる空気は、店のどのデザートより甘酸《あまず》っぱいものだった。

新感覚ファンタジー

RB レジーナ文庫

愛され、お料理生活始めました!?

レジーナブックス Regina

異世界の皆さんが優しすぎる。

来栖もよもよ　イラスト：昌未

定価：704円（10%税込）

子供を助けて死んでしまったハルカは、チート増量で異世界に転生させてもらう。妖精のプルちゃんに加え、最初に出会った異世界人のイケメン獣人クラインも、ハルカの気持ちを優先して周囲に転生者だということを秘密にし、生活の面倒まで見てくれる。そんな優しい人達に囲まれてハルカは……

詳しくは公式サイトにてご確認ください

https://www.regina-books.com/

携帯サイトはこちらから！

本書は、2021年7月当社より単行本として刊行されたものに書き下ろしを加えて文庫化したものです。


この作品に対する皆様のご意見・ご感想をお待ちしております。

おハガキ・お手紙は以下の宛先にお送りください。

【宛先】

〒150-6019 東京都渋谷区恵比寿4-20-3 恵比寿ガーデンプレイスタワー19F
（株）アルファポリス　書籍感想係

メールフォームでのご意見・ご感想は右のQRコードから、
あるいは以下のワードで検索をかけてください。

アルファポリス　書籍の感想　検索

ご感想はこちらから

レジーナ文庫

無能《むのう》な癒《いや》し手《て》と村《むら》で蔑《さげす》まれ続《つづ》けましたが、実《じつ》は聖女《せいじょ》クラスらしいです。

砂礫《されき》レキ

2024年1月20日初版発行

文庫編集－斧木悠子・森 順子
編集長－倉持真理
発行者－梶本雄介
発行所－株式会社アルファポリス
〒150-6019 東京都渋谷区恵比寿4-20-3 恵比寿ガーデンプレイスタワー19階
TEL 03-6277-1601（営業）　03-6277-1602（編集）
URL https://www.alphapolis.co.jp/
発売元－株式会社星雲社（共同出版社・流通責任出版社）
〒112-0005 東京都文京区水道1-3-30
TEL 03-3868-3275
装丁・本文イラスト－茶乃ひなの
装丁デザイン－AFTERGLOW
（レーベルフォーマットデザイン－ansyyqdesign）
印刷－中央精版印刷株式会社

価格はカバーに表示されてあります。

落丁乱丁の場合はアルファポリスまでご連絡ください。

送料は小社負担でお取り替えします。


ISBN978-4-434-33300-2 C0193